BASTEI LÜBBE

Aus der Taschenbuchreihe SWEET LOVE sind nachstehende Romane erhältlich. Fragt im Buch- oder Zeitschriftenhandel nach diesen Bänden:

56 001 Kate William
Küß nicht immer meinen Zwilling

56 002 Kate William
Wer immer lügt, gewöhnt sich dran

56 003 Kate William
Jessie und das Ekel

56 004 Kate William
Kein Club für nette Leute

56 005 Kate William
Wenn du nicht meine Schwester wärst

56 006 Kate William
Nur einmal so wie Jessie sein

Kate William

Wer immer lügt, gewöhnt sich dran

Ein Sweet Love Roman nach einer Idee von Francine Pascal

BASTEI LÜBBE

BASTEI-LÜBBE-TASCHENBUCH

Sweet Love
Band 56 002

Published by arrangement with Cloverdale Press
Sweet Love entstand aus der amerikanischen Serie
„Sweet Valley High", ein Trademark von Francine Pascal

Deutsche Lizenzausgabe 1984
Bastei-Verlag Gustav H. Lübbe GmbH & Co., Bergisch Gladbach
Originaltitel: Secrets
Ins Deutsche übertragen von Jürgen Bürger
Titelfoto: Meyerpress
Umschlaggestaltung: Quadro-Grafik, Bensberg
Satz: Fotosatz S. Schell, Bad Iburg
Druck und Verarbeitung: Elsnerdruck GmbH, Berlin
Printed in Western Germany
ISBN 3-404-56002-7

Der Preis dieses Bandes versteht sich einschließlich
der gesetzlichen Mehrwertsteuer.

1

»O nein!« Wie kann meine eigene Schwester nur so gemein sein?« Jessica Wakefield war sauer. Schnell zog sie das Kleid an, daß sie für ihre Verabredung mit Tom McKay ausgesucht hatte. Cara Walker, ihre beste Freundin, half ihr beim Anziehen. Cara ging ein paar Schritte zurück und blickte Jessica bewundernd an.

Jessica sah wie immer super aus. Das goldblonde Haar fiel seidig schimmernd über ihre sonnengebräunten Schultern, und die Farbe des Kleids paßte haargenau zu ihren blau-grünen Augen. Normalerweise lächelte Jessica dann auch noch einfach unwiderstehlich, was sie noch hübscher machte. Normalerweise – im Augenblick allerdings war ihr absolut nicht nach Lächeln zumute.

»Verdammter Mist! Schau mich doch nur mal an«, schimpfte sie. »Ich seh' absolut unmöglich aus. Mit meinen Haaren kann ich überhaupt nichts machen!«

Mißmutig schüttelte sie den Kopf. Aber jedes einzelne Härchen schien trotzdem am richtigen Platz zu liegen. »Kannst du dir das vorstellen? Mit allen Klamotten am Leib haben sie mich ins Wasser geschmissen! Es war ja so erniedrigend.«

Jessica schüttelte sich allein bei dem Gedanken daran. Sie war ganz einfach überlistet, reingelegt worden. Und das von Elizabeth, ihrer eigenen Zwillingsschwester, die sich sonst immer schützend vor sie stellte.

Jessie konnte es immer noch nicht richtig glauben! Daß man jemanden mit allen Kleidern am Leib in den Swimmingpool der Sweet Valley High warf, war die »Strafe« der anderen Schüler für den Verfasser von »Eyes and Ears«, der Klatschspalte der Schulzeitung. Das Dumme war nur, daß gar nicht sie, Jessica, die Artikel verfaßt hatte, sondern Elizabeth. Und Elizabeth hatte die Sache so gedreht, daß man Jessica mit ihr verwechselt hatte. Diesen Trick hatte sie offensichtlich von ihrer Schwester gelernt.

Cara lachte. »Ich weiß nicht ... aber ich finde, du hast irgendwie doch ganz nett ausgesehen. Du hast zwar wie ein begossener Pudel aus der Wäsche geschaut, aber ... Na ja, weißt du, früher oder später hatte es ja auch so kommen müssen. Wenn ich so daran denke, was du schon alles Liz angehängt hast ...«

Jessica sah ihre Freundin vernichtend an. »Du kannst froh sein, daß ich hier bei dir zu Besuch bin. Wenn wir jetzt bei mir wären, könntest du was erleben!« Aber irgendwo ganz weit hinten in ihrem Kopf war Jessica natürlich klar, daß sie Elizabeths Rache wirklich verdient hatte.

»Ach, stell dich nicht so an, Jessie! Du weißt doch sowieso ganz genau, daß du unheimlich sexy ausgesehen hast. So ähnlich wie Bo Derek in dieser einen Strandszene!«

Jessica lächelte zufrieden, aber je mehr sie versuchte, ihre Zufriedenheit nicht zu zeigen, desto weniger gelang es ihr. Schließlich konnte sie sich nicht mehr zurückhalten und fing laut an zu lachen.

»Mensch, das stimmt! Aber es war trotzdem erniedrigend!«

Plötzlich fiel ihr etwas ganz Schreckliches ein. Sie schlug entsetzt die Hände vor den Mund und war von einer Sekunde zur anderen wieder ernst.

»O Cara, hoffentlich hat Bruce mich nicht so gesehen. Ich würde sterben, wenn er dabei gewesen wäre!«

In Bruce Patman hatte sie sich schon an ihrem ersten Schultag auf der Sweet Valley High verliebt. Er war mit Abstand der tollste Typ der ganzen Schule. Ganz abgesehen davon, daß er wirklich so gut wie ein Filmstar aussah, war er auch noch unheimlich reich. Und er fuhr einen schwarzen Porsche.

»Komm ... denk lieber dran, wie du dich erst fühlen wirst, wenn du Miß Sweet Valley High geworden bist«, sagte Cara, während sie vor dem Spiegel stand und ihre glänzenden schwarzen Haare kämmte. »Wenn Bruce dich sieht, wird er so hingerissen sein, daß er alles andere vergißt!«

Jessica fragte sich, ob Cara wirklich ahnte, wie sehr sie, Jessica, sich wünschte, die Wahl zu gewinnen. Es war noch zwei Wochen bis dahin, und sie konnte es kaum noch erwarten. Als Begleiter wurde dann ein Junge gewählt, und alle vermuteten, daß Bruce das diesmal werden würde. Er hatte die besten Chancen, denn keiner der anderen Kandidaten kam auch nur halbwegs an ihn heran.

Und wenn sie, Jessica, wirklich gewählt werden

würde, dann hieß das, daß sie an Bruce' Seite bei den meisten Schulveranstaltungen repräsentieren mußte. Konnte es eine bessere Möglichkeit geben, Bruce auf sie aufmerksam zu machen? Und wenn er sie erst einmal näher kannte, dann mußte er sich einfach in sie verlieben!

Die Krone der Miß Sweet Valley High zu gewinnen, bedeutete alles für Jessica. Und wenn Jessica Wakefield etwas haben wollte, dann ließ sie sich auch von nichts und niemandem davon abbringen.

Normalerweise war es nicht besonders schwer für sie, das zu bekommen, was sie wollte. Sie sah so gut aus und konnte einen so umwerfenden Charme entwickeln, daß die Leute sich geradezu darum rissen, etwas für dieses bezaubernde Mädchen zu tun. Die wenigsten merkten überhaupt, wie willenlos sie nach Jessicas Pfeife tanzten, und wenn, dann war es sowieso schon zu spät.

Elizabeth Wakefield starrte auf die Scherben des Meßbechers, den ihre beste Freundin Enid Rollins gerade hatte hinfallen lassen.

»O Liz, es tut mir so leid, verdammt noch mal!« rief Enid. »Ich weiß gar nicht, wie das passieren konnte. Er ist mir glatt aus der Hand gerutscht!«

Elizabeth nahm Enid einfach in die Arme und drückte sie ganz fest. Sie dachte überhaupt nicht mehr daran, daß sie beide überall an den Händen, an den Armen und im Gesicht noch den Teig von den Schokoladenplätzchen kleben hatten.

Enid sollte bei den Wakefields übernachten. Die Idee mit dem Plätzchenbacken war Elizabeth gekommen, um Enid ein bißchen auf andere Gedanken zu bringen. Irgend etwas beunruhigte die Freundin so, daß sie nervös und ganz zappelig war.

Eigentlich, dachte Elizabeth, war Enid schon die ganzen letzten Monate so komisch. Und zwar seit sie mit Ronnie Edwards befreundet war. Aber Elizabeth hatte nicht nachfragen wollen, denn sie hoffte, daß Enid von sich aus mit ihr reden und von ihren Sorgen erzählen wollte. Elizabeth gehörte nicht zu den Leuten, die glauben, als »beste Freundin« habe man das Recht, jederzeit und auch ungebeten im Privatleben der Freundin herumzuschnüffeln.

Heute jedoch war Enid total verheult zu ihr gekommen, das Mädchen war so durcheinander gewesen, daß sie keinen einzigen Ton herausbrachte. Und es war sogar noch schlimmer geworden. Jetzt allerdings, fand Elizabeth, war es an der Zeit einzugreifen.

»Mensch, vergiß doch den blöden Becher«, sagte sie. »Was ist denn eigentlich los mit dir? He ... Enid? Wenn du nicht willst, brauchst du mir auch nichts zu erzählen. Aber denk dran, ich bin deine Freundin. Wenn du mich brauchst, dann bin ich für dich da!«

Enid bedeckte ihr Gesicht mit den Händen, und Elizabeth fiel auf, daß sie zitterten.

»O Liz, ich hab' solche Angst!«

»Wovor denn?«

»Ronnie zu verlieren! Wenn er die Wahrheit über mich wüßte, dann würde er mich hassen! Mich verabscheuen!«

»Und warum in aller Welt sollte er dich hassen?« fragte Elizabeth. »Enid, du bist so ein phantastischer Mensch, das weiß doch jeder!«

Enid schüttelte den Kopf.

»Ach, du ahnst doch noch nicht einmal was, Liz. Sogar bei dir traue ich mich kaum, davon zu erzählen. Dann willst du nämlich bestimmt auch nichts mehr mit mir zu tun haben!«

»Das ist doch absoluter Blödsinn!«

»Na, ich weiß nicht. Aber für Ronnie bestimmt nicht. Wen er das je rausbekäme ...«

»Nun sag's schon: Was für ein schreckliches Geheimnis verbirgst du vor mir?« Elizabeth lächelte Enid aufmunternd zu. »Du kletterst an Fassaden hoch, stimmt's? Tagsüber bist du eine ganz normale, brave Schülerin, und nachts wirst du zum Monster!«

»Ach, Liz, es ist kein bißchen komisch!« Enid war wirklich nicht zum Scherzen zumute. Eine dicke Träne lief ihr über die Wange.

»Tut mir leid, Enid«, meinte Elizabeth sofort. »Ehrlich! Weißt du, ich kann mir nur einfach nicht vorstellen, daß ausgerechnet du, irgend etwas Schlimmes tun könntest!«

Enid holte tief Luft, und dann schrie sie es beinahe heraus:

»Dann schau doch mal in meiner Polizeiakte nach!«

»Wo soll ich nachsehen?« Elizabeth konnte gar nichts dagegen machen, daß diese Neuigkeit tatsächlich wie ein Schock auf sie wirkte.

»Oh, ich weiß schon, was du jetzt denkst. Unsere gute Enid, aufrichtig und lieb! Aber ich war nicht immer so!«

Und dann erzählte Enid ihrer besten Freundin zögernd und Stück für Stück die Geschichte, die sie schon so lange so schwer belastete. Als sich ihre Eltern vor zwei Jahren hatten scheiden lassen, war ihre heile Welt zerbrochen. Sie war damals wütend, verletzt, aufsässig gewesen.

Und dann war sie in schlechte Gesellschaft geraten und hatte George Warren kennengelernt. Mit Alkohol hatten sie angefangen, doch es hatte nicht lange gedauert, bis sie auf Drogen umgestiegen waren. Bedenkenlos hatten sie alles ausprobiert, was es überhaupt gab.

Doch schon ziemlich bald entwickelte sich die Sache zu einem Alptraum. Vollgepumpt mit Rauschgift waren sie und George einfach so zum Spaß mit dem Auto durch die Gegend gerast. Und dann passierte das Entsetzliche: Sie fuhren einen kleinen Jungen an, der am Straßenrand gespielt hatte.

In diesem Augenblick blieb für Enid die Welt stehen. Wie in Zeitlupe stieg sie mit zitternden Knien aus dem Wagen aus. Und nie in ihrem Leben würde sie dieses Bild vergessen: Vor ihr auf dem Bürgersteig lag wie leblos die kleine zerbrechliche Gestalt des Jungen. Enid konnte immer noch den Schrei seiner Mutter hören, als sie aus dem Haus gelaufen kam. Wie gelähmt hatte Enid damals daneben gestanden. Unauslöschlich hatte sich ihr diese Erinnerung ins Gedächtnis eingebrannt.

Eine Stimme, die ihr gar nicht wie ihre eigene vorkam, sagte immer wieder und wieder: »Es tut mir leid! Es tut mir ja so leid!«

Glücklicherweise war der Junge nicht ernsthaft verletzt worden. Sein Arm war gebrochen, und er hatte eine leichte Gehirnerschütterung.

Enid und George wurden festgenommen. Der Jugendrichter gab ihnen noch eine Chance: Sie bekamen Bewährung unter der Auflage, daß sie ein halbes Jahr lang an einem Drogenberatungsprogramm teilnahmen.

Enid war aus diesem Erlebnis als ein ganz neuer Mensch hervorgegangen. Noch nachträglich hatte der Gedanke sie erschüttert, wie nahe George und sie daran gewesen waren, sich gründlich selbst zu zerstören.

Enid sehnte sich nach nichts mehr, als danach wieder festen Boden unter die Füße zu kriegen. Und sie hatte es geschafft. Sie hatte sich nie wieder etwas zuschulden kommen lassen. George hatte sie während der letzten zwei Jahre nicht mehr gesehen, denn seine Eltern hatten ihn auf ein Internat geschickt.

Während Enid ihre Geschichte erzählte, wagte sie nicht einmal, Elizabeth direkt anzusehen. Aber als sie jetzt aufblickte, schaute sie in blau-grüne Augen, die sie voller Wärme und Sympathie betrachteten.

Enid hatte Elizabeth schon immer für hübsch gehalten – wenn auch auf eine andere, weniger auffallende Art und Weise als deren Zwillingsschwester Jessica. Hätte sie es beschreiben müssen, so hätte sie gesagt, daß Elizabeth mehr von innen heraus strahlte. Elizabeth war ein Mensch, der sich um andere sorgte.

Sie war der allererste Mensch, dem Enid ihr

schreckliches Geheimnis anvertraut hatte. Tief in ihrem Inneren hatte Enid geahnt, daß Elizabeth sie verstehen und sie nicht verdammen würde.

»Ich bin froh, daß du es mir erzählt hast«, fing Elizabeth an. »Aber dadurch hat sich doch nichts geändert. Du bist und bleibst meine beste Freundin. Und ich glaube immer noch, daß du ein phantastischer Mensch bist. Jetzt imponierst du mir sogar noch mehr als vorher, wo ich weiß, was du alles durchgemacht hast!«

Enid konnte ihre Tränen nun endgültig nicht mehr zurückhalten. Sie liefen ihr in Strömen über das Gesicht. Es waren widersprüchliche Empfindungen, die sie zum Weinen brachten – die Erleichterung, daß sie sich endlich einem Menschen hatte anvertrauen können, aber da war auch immer noch diese furchtbare Angst, was wohl Ronny sagen würde, wenn er die Wahrheit über sie erführe.

Enid lächelte unsicher. »Erzähl das lieber Ronnie. Ich wette, er findet mich bestimmt nicht mehr so toll, wenn er weiß, daß ich ihn die ganze Zeit über angelogen habe.«

»Aber du hast ihn doch gar nicht angelogen!« meinte Elizabeth mit Nachdruck.

»Na ja, aber die ganze Wahrheit habe ich ihm jedenfalls auch nicht gesagt.«

»Ach komm, Enid, es gibt Schlimmeres auf dieser Welt! Ganz egal, wie furchtbar es damals für dich gewesen sein mag. Und außerdem ist das ja schon vor mehr als zwei Jahren passiert – das ist doch schon eine halbe Ewigkeit her!«

»Du hast gut reden! Bei dir steht ja auch kein Skelett im Schrank herum!«

»Und wenn, dann hätte meine liebe Schwester sich das Ding wohl schon längst unter den Nagel gerissen!« Elizabeth konnte ein kleines Lächeln nicht unterdrücken, als sie an die reizende Angewohnheit von Jessica denken mußte, immer in ihrem, Elizabeths, Kleiderschrank herumzustöbern, wenn sie nichts Passendes unter ihren eigenen Sachen fand.

»Du würdest das alles auch nicht so leicht nehmen, wenn du Angst haben müßtest, Ted zu verlieren«, beklagte sich Enid.

»Ehrlich, Enid, wenn ich an deiner Stelle wäre, würde ich Ronnie alles erzählen. Und wenn er dich wirklich liebt, dann wird er dich auch verstehen!«

»O Liz, du hast einfach keine Ahnung!«

Enid seufzte und setzte sich auf den Küchenstuhl neben dem Fenster. Trübsinnig starrte sie hinaus. Ein paar Lichter spiegelten sich im Wasser des Swimmingpools wider, sonst lag der Garten ganz im Dunkeln. Das Wasser ist genauso blau wie Ronnies Augen, dachte sie.

»Ronnie ist anders als Ted«, versuchte Enid zu erklären. »Er erwartet, daß ich ausschließlich für ihn da bin. Wenn er jemals von George erfährt ...« Sie brach mitten im Satz ab und biß sich auf ihre Lippen.

»Was von George erfährt? Du hast mir doch eben erst erzählt, daß du ihn seit damals nicht mehr gesehen hast!«

»Ja, ja, das stimmt auch. Ich habe ihn wirklich lange nicht mehr gesehen. Aber ...« Wieder atmete sie tief durch. »Wir schreiben uns. Nein, nichts was du denkst! Zwischen uns ist absolut nichts mehr. Wir sind einfach nur Freunde. Ich hab' damals angefangen, ihm zu schreiben, weil er richtig fertig war, ganz unglücklich. Ich wollte doch nicht, daß er so verzweifelt ist. Er sollte auch erkennen, daß es nicht immer und ewig so bleiben würde.«

»Ich finde es wahnsinnig nett von dir, daß du George helfen wolltest«, meinte Elizabeth. »Deshalb versteh' ich auch nicht, warum Ronnie wegen ein paar freundschaftlicher Briefe eifersüchtig sein sollte.«

Enid stöhnte. »Du redest von jemandem, der schon durchdreht, wenn ich mal aus purem Zufall einen anderen Jungen auch nur eine Sekunde ansehe! Letzte Woche hat er beobachtet, wie ich mit einem Typ aus meinem Biologie-Kurs gesprochen habe. Wir haben nur über die Hausaufgaben geredet, aber du kannst dir nicht vorstellen, was Ronnie für eine Schau abgezogen hat!«

Elizabeth fand Ronnies Reaktion reichlich übertrieben. »Aber wenn du ihm die ganze Sache genauso erklärst wie mir vorhin ...«

»Nein, Liz. Das ist zwecklos. Ronnie will sowas auch gar nicht verstehen!« Enid fing wieder an zu weinen. »Ich weiß einfach, daß ich ihn verlieren werde!«

Tröstend legte Elizabeth ihre Hand auf Enids Schulter.

»Sieh's doch mal so: Außer uns beiden weiß kein Mensch von den Briefen. Stimmt's?«

»Ja.«

»Also – warum hast du denn dann auf einmal solche Angst, daß Ronnie etwas herausfindet?«

»Wegen George«, sagte Enid ganz leise. »Im letzten Brief hat er mir geschrieben, daß er demnächst, in zwei Wochen oder so, hierher nach Sweet Valley auf Besuch kommt. Einmal war er schon hier, aber dieses Mal will er sich unbedingt mit mir treffen.«

Oben in Elizabeths Zimmer kramte Enid ein Bündel Briefe aus ihrer Tasche.

»Ich hab' sie mal mitgebracht, weil ich gehofft hatte, daß ich dir alles erzählen könnte«, sagte sie und drückte Elizabeth das Bündel in die Hand.

Elizabeth nahm den obersten Brief – es war der letzte, den George geschickt hatte.

Liebe Enid,
Du weißt ja schon, daß ich im Moment bis über beide Ohren in den Prüfungen stecke. Die prügeln uns den Stoff hier wirklich rein. Am Anfang hab' ich das ja ziemlich schlimm gefunden, aber heute sehe ich ein, warum sie das tun. Ich war ja früher ganz schön ausgeflippt – und wie sonst sollte ich alles aufholen?

Die Schule ist zwar immer noch nicht unbedingt das, was ich mir unter einem schönen Leben vorstelle, aber irgendwie wird man dabei ja auch gefordert. Im großen und ganzen geht's mir gut, aber das hab' ich Dir auch schon vorher geschrieben.

Früher hat mich alles angeekelt, und ich habe immer nur meinen Eltern oder anderen Leuten die Schuld daran gegeben, daß mit meinem Leben etwas nicht in Ordnung war.

Weißt Du, Enid, heute glaube ich einfach, daß ich mich

selbst nicht leiden konnte. Und ich will Dir jetzt auch nicht schmeicheln, aber Du hast mir bei dieser Erkenntnis mehr geholfen als irgend jemand sonst! Du ahnst wahrscheinlich gar nicht, wieviel mir Deine Briefe immer bedeutet haben. Einfach war's hier wirklich nie für mich, denn das hier ist bestimmt nicht Disneyland!

Was meinst Du, wie froh ich bin, daß ich am Ende des Schuljahres endlich hier weg kann! Meine Chancen für die Zukunft sind gar nicht mal so schlecht.

Und am meisten freue ich mich, daß Du es auch gepackt hast. Dein letzter Brief hat mir echt gut getan – sonst gibt's ja nicht viel, was mich aufmuntert. Ich würde Dich unheimlich gern sehen, wenn ich das nächste Mal nach Hause komme. Aber wenn Du das nicht willst, dann kann ich das auch verstehen.

Alles Liebe,
George

P.S.: Danke nochmal für die Plätzchen, die Du mir zum Geburtstag geschickt hast. Innerhalb von zwei Sekunden waren sie weg, und sie haben ganz toll geschmeckt!
P.P.S.: Grüß meinen alten Kumpel Winston von mir.

»Ich weiß nicht mehr, was ich tun soll«, meinte Enid bekümmert, als Elizabeth den Brief gelesen hatte. »Auf der einen Seite will ich meine Freundschaft mit George einfach nicht aufgeben, aber ich kann mich auch nicht mit ihm treffen. Ronnie würde ja doch alles falsch verstehen.«

»Weißt du, eigentlich sollte Ronnie stolz darauf

sein, daß du deine Freunde nicht hängen läßt, wenn es ihnen dreckig geht!«

Enid schüttelte nur den Kopf.

»Das wäre das Ende! Ronnie würde durchdrehen! Und dann hätte ich ihn wirklich verloren.« Sie griff nach Elizabeths Hand. »Liz, versprich mir, daß du absolut keinem Menschen von den Briefen erzählst, ja? Schwör's mir!«

»Ich schwör's, oder ich will tot umfallen!« Während sie sprach, legte Elizabeth feierlich und ernst ihre Hand auf das nächstbeste Buch. Zufälligerweise war es ihr Wörterbuch. Da sie nun mal viele Artikel und Kurzgeschichten verfaßte, hatte sie es immer in Reichweite.

Natürlich sah sie sich nicht als einen zweiten Ernest Hemingway, aber sie hatte jedenfalls ernsthaft vor, Schriftstellerin zu werden. Zur Zeit allerdings schrieb sie hauptsächlich für den »Oracle«, die Schülerzeitung der Sweet Valley High. Sie war die Verfasserin von »Eyes and Ears«, der Klatschspalte.

Elizabeth konnte Enids Angst, daß von der ganzen Geschichte etwas durchsickerte, gut nachfühlen. Sweet Valley war eben eine Kleinstadt geblieben, obwohl es sich durch die Industrie immer weiter ausgedehnt hatte. Und gerade in kleinen Städten, sagte ihr Vater immer, machen Gerüchte die Runde so schnell, wie der Mais auf dem Feld wächst.

In vieler Hinsicht war die Sweet Valley High der Umtauschplatz Nr. 1 für den neuesten Klatsch – die Cafeteria, die Umkleideräume, die Wiese vor der Schule waren die beliebtesten Plätze, um sich zu treffen und Neuigkeiten auszutauschen.

Jedes Thema war recht, das reichte von bissigen Kommentaren über die neueste Haarfarbe von irgend jemandem bis hin zu Vermutungen, daß manche Leute Drogen nahmen. Natürlich wurde auch darüber geredet, wer mit wem ging.

Meistens war der Klatsch ja noch ziemlich harmlos, aber manchmal verbreitete sich ein boshaftes Gerücht wie ein Steppenbrand, und nicht selten mußten dann unschuldige Leute darunter leiden.

Elizabeth selbst war erst vor kurzem Opfer eines solchen Gerüchts geworden. Damals war ihre unverbesserlich scheinheilige, heuchlerische Schwester von der Polizei aufgegriffen worden und nur aus der Sache herausgekommen, weil sie alle hatte glauben lassen, daß Elizabeth in die Sache verwickelt gewesen war.

Der boshafte Klatsch hatte Elizabeth ziemlich fertiggemacht, und so konnte sie Enids Sorgen nur zu gut verstehen.

»Ich schwöre dir, falls ich jemals auch nur ein Sterbenswörtchen von den Briefen weitererzähle, dann kannst du ...«, Elizabeth grinste, als ihr nichts Passendes einfiel. »Du kannst mich bei lebendigem Leib in Schokoladenkuchenteig begraben ...!« vervollständigte sie dann lachend ihren Schwur.

Enid stöhnte und hielt sich den Bauch. Beide Mädchen hatten so viele Plätzchen gegessen, daß sie geschworen hätten, jede hätte mindestens zwei Kilo zugenommen.

Aber Elizabeths Scherz hatte die beabsichtigte Wirkung. Enid lachte auch.

»Wart's nur ab«, meinte sie. »Ich nehm' dich beim Wort! Aber ehrlich, Liz, ich vertraue dir. Du bist doch meine allerbeste Freundin!«

»Das will ich auch hoffen«, antwortete Elizabeth und tat so, als wollte sie Enid mit einem Kissen zum Schweigen bringen. »Wer würde dich denn auch sonst dazu einladen, über Nacht zu bleiben, wo du so laut wie tausend Holzfäller schnarchst.«

»Ich? Ich hab' noch nie geschnarcht!« protestierte Enid. Sie sprang vom Bett auf und lachte, als sie mit ihrem Kissen auf Elizabeth losging. Die beiden balgten sich herum wie kleine Kinder.

»O doch! Eine Boeing beim Start ist noch leise gegen dich!« kam Elizabeths Stimme halb erstickt unter dem Kissen hervor.

In dem ganzen Durcheinander bemerkte keins der beiden Mädchen, daß einer von Georges Briefen auf den Boden gefallen war.

»Okay, okay, du hast gewonnen!« Elizabeth gab auf. »Komm, laß uns ins Bett gehen und dann erzählen wir uns vor dem Schlafen noch ein paar schöne Horrorgeschichten. Da gibt es eine ganz tolle, von zwei Teenagern, die ganz allein in einem großen, gespenstischen, alten Haus sind ...«

»Elizabeth Wakefield!« rief Enid. »Wenn du mir auch nur eine einzige von deinen fürchterlichen Geistergeschichten erzählst, werde ich in meinem ganzen Leben nie mehr richtig einschlafen können! Nach dem letzten Mal habe ich mich eine ganze Woche lang nicht mehr getraut, abends die Augen zuzumachen.«

Enid hätte nichts Ungeeigneteres sagen können, um Elizabeth davon abzubringen, eine Geistergeschichte zu erzählen. Schnell machte Elizabeth die Nachttischlampen aus, und sofort war der Raum in eine fast undurchdringliche Dunkelheit gehüllt.

»Es war eine stockdunkle, stürmische Nacht ...«, begann Elizabeth dramatisch mit ganz tiefer Stimme.

Enid ließ sich mit einem ergebenen Seufzer in das Kissen zurücksinken. Im Geheimen war sie froh, daß sie durch diese Geschichte von ihren realen Ängsten abgelenkt wurde.

Allein der Gedanke, Ronnie vielleicht verlieren zu können, war schon der schlimmste Alptraum, den sie sich überhaupt vorstellen konnte.

2

Jessica war unruhig. Sie sah aus dem Fenster hinaus auf die Rasenflächen vor der Sweet Valley High. Sie machte gar nicht erst den Versuch, Ms. Dalton zuzuhören, die unbeirrt ihren Schülern etwas über die Konjugation französischer Verben erzählte.

Langweilen, langweilte, gelangweilt, konjugierte Jessica in Gedanken. Draußen war das herrlichste Wetter der Welt, und sie wünschte sich, jetzt am Strand sein zu können. Schließlich hatte sie sich doch nicht diesen tollen Einteiler bei Foxy gekauft, um in der Schule herumzusitzen!

Aus den Augenwinkeln konnte Jessica Winston Egbert erkennen, der ein ganzes Stück von ihr entfernt saß. Hingebungsvoll sah er sie mit diesem fürchterlichen, liebeskranken Blick an.

Mein Gott, dachte sie, muß der Kerl mich denn unbedingt so anstarren? Trotzdem ertappte sie sich dabei, wie sie sich unwillkürlich so hinsetzte, daß sie ihre gute Figur zur Geltung brachte.

»Wir sind so weit, Jessica, und warten nur auf dich!«

Erschrocken fuhr Jessica zusammen und merkte, daß Ms. Dalton sie anschaute. Die Lehrerin war groß und schlank, etwa Mitte Zwanzig und beobachtete Jessica so amüsiert, als wüßte sie genau, was diese gedacht hatte.

»Entschuldigung«, sagte Jessica, »ich hab' die Frage nicht richtig verstanden!«

»Ich habe auch nur gefragt, ob du uns wohl dein Geheimnis verraten möchtest«, sagte Ms. Dalton und lächelte. Sie war hübsch, aber immer viel zu ernst, und wenn sie einmal lächelte, dann veränderte das ihr Gesicht auf eine wunderbare Weise.

»Geheimnis?« wiederholte Jessica. Langsam wurde ihr ungemütlich.

»Ja. Das Geheimnis, wie du die Verben konjugieren willst, die ich an die Tafel geschrieben habe, wenn du nicht ein einziges Mal dorthin geschaut hast!« Der Spott war deutlich herauszuhören.

»Durch Zauberei natürlich!« meldete sich Winston, der als hoffnungslos Verliebter seiner Angebetenen sofort zu Hilfe eilte – auch wenn diese Hilfe nur eine alberne Bemerkung war. »Jessica hat sich nämlich nur verkleidet, in Wirklichkeit ist sie Wonder Woman! He, zeig uns doch mal, wie du mit einem einzigen Satz über ein riesenhohes Gebäude springen kannst!«

»Du Spinner, das ist doch Superman!« warf Ken Matthews ein. Er saß in der letzten Reihe und hatte seine langen Beine im Gang ausgestreckt. Ken mußte genauso wie Winston bei jeder Gelegenheit mitreden. Der einzige Unterschied zwischen den beiden war nur, daß Ken groß, blond, wahnsinnig gutaussehend und auch noch Captain des Football-Teams war.

»Und außerdem fliegst du schneller aus der Klasse, als du denken kannst, wenn du nicht langsam deine Klappe hältst!«

»Ich danke dir, Ken«, meinte Ms. Dalton trocken. »Ich glaube, ihr alle haltet mal besser für eine Zeitlang den Mund und arbeitet statt dessen ein bißchen. Es sei denn«, fügte sie noch hinzu, »einer von euch hat Röntgenaugen und kann die Antworten von dem Zettel ablesen, der in meinem Schreibtisch liegt!«

Alle lachten. Ken strahlte sie mit seinem berühmten Tausend-Watt-Lächeln an. Jeder wußte, daß er hoffnungslos in Ms. Dalton verliebt war, seitdem er Nachhilfeunterricht bei ihr bekommen hatte, damit er überhaupt versetzt wurde. Jessica jedoch bezweifelte, daß Ms. Dalton auch nur ahnte, wie verschossen Ken in sie war.

Was solche Sachen angeht, können Lehrer manchmal ganz schön blind und dumm sein, dachte sie. Sie selbst wußte immer sofort, wenn ein Junge sie mochte – genauso schnell ging sie dann aber auch darauf ein, wenn es ihr einen Vorteil brachte. Deshalb war es auch gar nicht ganz ausgeschlossen, daß sogar Winston eines Tages seine Chance bekommen würde.

Zur Zeit jedoch war Jessica ganz verrückt nach Bruce Patman. Ihr Problem war allerdings nur, daß sie ebensogut auf dem Mond hätte leben können, so wenig Interesse zeigte er an ihr.

Jessica sah in Gedanken Bruce vor sich – unglaublich reich, und bei allen beliebt. Keiner sah so phantastisch aus wie er mit seinen eisblauen Augen – und keiner außer ihm fuhr einen schwarzen Porsche. Wenn er sie doch nur zum Herbstball einladen würde ...

Natürlich gab es noch eine andere Möglichkeit, falls er sie nicht fragte. Jessica war eine der Bewerberinnen um die Wahl zur »Miß Sweet Valley High«, zur »Königin«, wie man das auch nannte. Jede »Königin« hatte ihren Begleiter, den »König«, der ebenfalls gewählt wurde. Und Bruce hatte die besten Chancen, »König« zu werden.

Jessica hatte sich in Gedanken schon alles so schön ausgemalt: Strahlend schön würde sie dastehen, wenn bekannt gegeben wurde, daß man sie zur Königin gewählt hatte. Und sie würde den Eindruck erwecken, als wenn sie das nie in ihrem Leben wirklich erwartet hätte. Zögernd und beinahe widerstrebend trat sie dann auf die Bühne und eine winzig kleine Träne zitterte an ihren Wimpern – winzig klein nur durfte sie sein, damit ihr Lidschatten nicht verschmiert wurde!

Und schließlich würde sie demütig den Kopf senken, damit man ihr die Krone aufsetzen konnte.

Perfekt wurde das Bild, wenn sie sich vorstellte, daß man Bruce zum König wählte. Kein zweiter an der Schule sah so gut aus wie er. Er würde sie anlächeln, ihr den Arm reichen, und dann würde sie mehr zur Tanzfläche schweben, als gehen. Angestrahlt von allen Scheinwerfern, würden sie beide eine Ehrenrunde tanzen, so selbstversunken, als wären sie die einzigen Menschen auf der ganzen Welt.

Etwas anderes gab es nicht: Sie mußte einfach gewinnen! Das war ihre große Chance, daß Bruce sich endlich in sie verliebte. Nur noch zwei Wochen blieben Jessica bis zur Wahl, aber sie suchte immer noch verzweifelt nach einer hundertprozentig sicheren Möglichkeit, wie sie Erfolg haben könnte. Sie würde alles tun, wirklich alles, um Königin zu werden ...

Das Klingeln zur Pause und der sofort einsetzende Sturmangriff auf die Tür des Klassenzimmers rissen Jessie plötzlich aus ihren Tagträumen.

Alle anderen eilten zu ihren Schließfächern, nur Lillian Fowler blieb stehen und wartete auf Jessica. Doch die war immer noch nicht ganz in die Wirklichkeit zurückgekehrt.

»Findest du sie nicht auch absolut unmöglich?« meinte Lillian und blickte dabei böse vor sich hin.

»Wen?« fragte Jessica.

»Die Dalton, wen denn sonst? Macht es dir denn gar nichts aus, daß sie dich vor der ganzen Klasse zum Idioten gemacht hat?«

»Jetzt übertreib mal nicht!« antwortete Jessica gutgelaunt. »Niemand macht mich zum Idioten! Und schon gar nicht so jemand wie die Dalton. Aber eigentlich ist sie gar nicht so übel«, räumte sie ein. Irgendwie mag ich sie sogar, obwohl sie eine Lehrerin ist.«

Ms. Dalton war noch nicht sehr lange an der Sweet Valley High. Deswegen war es auch verständlich, daß alle neugierig waren und alle möglichen Spekulationen über sie anstellten. Ein weiterer Grund dafür war, daß sie noch jung und ziemlich hübsch war – was natürlich weder den Schülern an der Sweet Valley High noch den Lehrern entgangen war. Vor allem hatte das Roger Collins, der Vertrauenslehrer bei der Schülerzeitung und der absolute Star unter den männlichen Lehrern, nicht übersehen.

Jessica hatte gehört, daß sich Ms. Dalton seit kurzem regelmäßig mit George Fowler, Lillians geschiedenem Vater, verabredete. Alles, was mit den Fowlers, der reichsten Familie in Sweet Valley, zu tun hatte, galt als absolute Top-Nachricht.

Lillian hatte nichts gegen all die Aufmerksamkeit, die man ihr und ihrer Familie entgegenbrachte. Eine Sache allerdings paßte ihr überhaupt nicht: die Tatsache nämlich, daß sich irgend etwas zwischen ihrem Vater und Nora Dalton anspann.

Jessica vermutete, daß Lillian schlicht und einfach eifersüchtig war. Sie bemühte sich immer so verzweifelt, wenigstens ein kleines Zeichen seiner Aufmerksamkeit zu erringen, und dennoch schien es so, als hätte ihr Vater niemals wirklich genug Zeit für seine Tochter. Und jetzt, wo Ms. Dalton ins Spiel gekommen war, würde er vermutlich noch weniger Zeit für Lillian aufbringen.

»Ich werfe das ja auch Daddy gar nicht vor, er ist eben nur unglaublich naiv«, meinte Lillian. »Sie ist nämlich diejenige, die sich ihm praktisch an den Hals geschmissen hat! Wetten, daß sie nur hinter seinem Geld her ist?«

Eigentlich war es gar nicht Jessicas Art, andere Leute in Schutz zu nehmen. Aber diesmal fand selbst sie, daß Lillian doch reichlich über das Ziel hinausgeschossen war.

»Ach, Unsinn, Lillian«, widersprach sie. »Ich

glaub' nicht, daß Ms. Dalton so ein männermordender Vamp ist!«

Lillian sah sie herablassend an. »Jessica, gerade so Typen wie sie sind doch die Schlimmsten! Die, von denen kein Mensch auch nur vermuten würde, daß sie zu dieser Sorte gehören. Sieh dir doch nur mal zum Beispiel an, was sie mit Ken Matthews macht. Das ist doch einfach widerlich!«

»Ken?« rief Jessica. »Na, hör mal! Ich glaub', du bist ganz einfach eifersüchtig, weil Ken dauernd an Ms. Dalton denken wird, obwohl er mit dir zum Tanzen geht.«

»Und ich bin nicht eifersüchtig! Nur weil Ken mich eingeladen hat, ist er doch noch lange nicht der Mann meines Lebens! Meinst du im Ernst, das würde mich interessieren, ob er auf ein anderes Mädchen scharf ist?«

»Mädchen? Lillian, Herzchen, Ms. Dalton ist praktisch alt genug, um seine Mutter zu sein, um Himmels willen!«

»Sie ist fünfundzwanzig«, erwiderte Lillian hochmütig. »Ich hab' meinen Vater gefragt. Das heißt, daß sie nur neun Jahre älter ist als wir.«

»Das heißt doch noch lange nicht, daß sie deswegen auch an Kenny interessiert sein muß! Klar, auf der anderen Seite würde er sofort die Golden Gate Bridge runterspringen, wenn sie was von ihm wollte, aber ...«

»Ja, du meine Güte ... merkst du denn immer noch nichts?« unterbrach Lillian sie. Wütend riß sie die Tür ihres Schließfachs auf. »Sie ist viel zu gerissen für etwas so Offensichtliches. Ich wette mit dir, daß es eine ganze Menge gibt, was wir noch nicht von ihr wissen! Ich hab' ganz genau gemerkt, wie sie sich über seinen Tisch legt, wenn die zwei allein in der Klasse sind.«

»Tatsächlich? Das ist mir gar nicht aufgefallen.« Jessica begutachtete sich in dem kleinen Spiegel, den sie an der Innenseite der Schranktür angebracht hatte, und besserte ihr Make-up aus.

Wenn Ms. Dalton wirklich etwas mit Ken Matthews hat, dachte sie, dann bringt das doch wenigstens etwas Schwung hier in den Laden!

»Ich wünsch' mir nur, daß ich sie wirklich mal mit Ken erwischen könnte«, murmelte Lillian vor sich hin. »Dann würde mein Vater wenigstens endlich einmal merken, daß unsere Miß Supernett gar nicht so lieb und nett ist!«

»Wen willst du wobei erwischen?« Cara Walker kam auf sie zugeschlendert. Neugierig sah sie die beiden Mädchen an.

Caras Lieblingsbeschäftigung war die Suche nach brandneuen Klatschgeschichten. Das war auch einer der Gründe, warum sie und Jessica so gute Freundinnen waren. Cara begnügte sich damit, den Wirbelwind Jessica die großen Wellen schlagen zu lassen, während sie in deren Kielwasser dann die kleinen und großen Klatschgeschichten weiterverbreiten konnte, die unweigerlich in Jessicas Nähe entstanden.

Eigentlich war Cara gar nicht darauf angewiesen, sich an Jessica zu klammern. Sie war hübsch, ein südländischer Typ, und um ihrer selbst willen beliebt, wenn sie auch natürlich keine Konkurrenz für die überwältigende Jessica war. Jessica wiederum bevorzugte solche Mädchen als Freundinnen, die ihr vom Aussehen her nicht gefährlich werden konnten.

»Ms. Dalton«, antwortete Jessica. Sie zog einen aufreizend wirkenden Schmollmund, als sie noch einmal in den Spiegel blickte. »Lillian ist davon überzeugt, daß Ms. Dalton und Ken Matthews eine leidenschaftliche Liebesaffäre haben.«

»Was?« schrie Cara begeistert auf. Das war einfach zu gut, um wahr zu sein. »Ich kann das einfach nicht glauben!«

»Das kannst du ruhig glauben«, meinte Lillian boshaft. Mit etwas zuviel Schwung knallte sie die Tür ihres Schließfachs zu.

»Du meinst, du hast tatsächlich gesehen, wie sie ...?«

Der Rest von Caras Frage war nicht mehr zu hören, weil es laut zum Pausenende klingelte. Auch Jessica und Cara machten ihre Schließfächer zu und schlossen sie ab.

»Ich muß mich beeilen!« rief Lillian und war schon halb auf dem Weg. »Ich darf nicht zu spät zum Chor kommen. Heute werden die Solisten für die Weihnachtsfeier ausgesucht. Ich sterbe, wenn ich nicht erster Sopran werde!«

»Du brauchst dir keine Sorgen zu machen!« versicherte ihr Cara. »Ich hab' nämlich vorhin im Sekretariat mitgekriegt, wie Ms. Bellesario dem alten Chrome Dome gesagt hat, daß du am besten dafür geeignet bist!«

Gerade eben noch hatte Lillian verärgert und schlecht gelaunt gewirkt, jetzt aber strahlte sie geradezu vor Freude. Erst fiel sie Cara um den Hals, dann Jessica, die sofort energisch protestierte.

»Mensch, paß doch auf! Du machst mir ja mein ganzes Meisterwerk kaputt! Für den Fall, daß ich na-du-weißt-schon-wem über den Weg laufe, muß ich doch absolut perfekt aussehen!«

Cara winkte Lillian noch einmal zu und grinste Jessica an.

»Der Name von deinem na-du-weißt-schon-wem fängt nicht zufällig mit B. P. an, oder?«

»Doch! Du hast es mal wieder erfaßt!« Jessica grinste auch. »B. P. steht für ›Bildschöne Person‹!«

»Oder wie wär's mit ›Black Porsche‹, schwarzer Porsche«, setzte Cara das Spiel fort.

»Du mußt doch zugeben«, sagte Jessica, »ein Mann in einem schwarzen Porsche hat einfach irgendwas Besonderes, na, er ist eben sexy – vor allem, wenn er dann auch noch über einsachtzig groß ist und so wahnsinnig blaue Augen hat und außerdem unglaublich reich ist!«

Jessica seufzte. Noch nie in ihrem ganzen Leben hatte sie sich etwas sehnlicher gewünscht, als mit Bruce zum Herbstball zu gehen. Für Jessica war es eine völlig neue Erfahrung. Sie war es gewöhnt, normalerweise das zu bekommen, was sie haben wollte, egal auf welche Art und Weise.

Und was für einen Erfolg hatte sie jetzt? Es sah doch tatsächlich so aus, als wenn Bruce nur so eben mal am Rande bemerken würde, daß sie überhaupt existierte. Dabei hatte sie doch schon alles mögliche unternommen, jeden Trick ausprobiert, damit er endlich einmal richtig auf sie aufmerksam wurde.

Vor einiger Zeit zum Beispiel hatte sie einen Riesenstapel Bücher direkt vor seine Füße fallen lassen. Bruce hatte nur müde gelächelt und gar nicht daran gedacht, auch nur den kleinen Finger zu rühren, um ihr beim Aufheben zu helfen. Er hatte einfach nur gesagt: »So ein Pech aber auch, Wakefield!«

Dieses Mal sollte er ihr jedenfalls nicht so ohne weiteres entkommen. Jessica hatte eine Idee.

»Hör mal, Cara«, meinte sie und hakte sich bei ihrer Freundin unter, während sie langsam zu ihrer Klasse zurückgingen. »Du sitzt doch in Geschichte neben Ronnie Edwards, stimmt's?«

»Warum? Hast du etwa auch auf ihn ein Auge geworfen? Verübeln kann ich's dir nicht! Er sieht gar nicht so schlecht aus!«

»Und er leitet auch das Festkomitee!« fügte Jessica noch hinzu. »Ich hab' mich gerade gefragt, ob du ihn wohl ein bißchen aushorchen könntest. Weißt du, wenn du dich wieder mal mit ihm unterhältst, dann könntest du doch ganz unauffällig versuchen, ihn zu beeinflussen, daß er mithilft, noch ein paar Stimmen für mich zu gewinnen!«

»Na klar, das ist doch kein Problem«, sagte Cara. »Aber mal ganz ehrlich, Jessica, ich weiß wirklich nicht, warum du dir überhaupt Sorgen machst. Ich meine, sieh dir doch nur mal die anderen an. Enid Rollins zum Beispiel. Du bist doch tausendmal hübscher!«

Jessicas Augen verengten sich, als sie Enids Namen hörte.

»Stimmt schon, Enid ist eine Plage, andererseits aber ist sie nun mal Ronnies Freundin. Erinnerst du dich? Wenn er will, kann er unheimlich viele Leute dazu bringen, daß sie für sie stimmen.«

Cara zuckte mit den Schultern.

»Wer weiß? Vielleicht machen sie vorher Schluß miteinander!«

»Ach, Unsinn, das glaubst du doch selbst nicht! Hast du noch nie mitgekriegt, wie die zwei sich immer anstellen! Mit Händchenhalten, tief in die Augen sehen ... und so. Die kleben aneinander wie siamesische Zwillinge!«

»Ja, wahrscheinlich sind sie an den Lippen zusammengewachsen!« Cara kicherte.

Aber Jessica war absolut nicht nach Witzen zumute, dafür fand sie die Lage viel zu ernst. Außerdem gab es auch noch andere Gründe, warum sie Enid nicht besonders gut leiden konnte. Vor allem störte es sie gewaltig, daß Enid beinahe jede Minute von Elizabeths sowieso schon knapper Zeit in Anspruch nahm. Zeit, die Elizabeth statt dessen doch viel besser mit ihrer wunderbaren Zwillingsschwester verbringen könnte!

»Ehrlich«, meinte Jessica, »ich kann mir absolut nicht vorstellen, was so ein netter Typ wie Ronnie an so einer blöden Kuh findet!«

»Liz scheint sie aber auch ziemlich gern zu haben«, warf Cara ein und beobachtete dabei Jessica ganz genau.

»Liz!« Jessica wirkte angewidert. »Jetzt hör mir mal ganz genau zu, Cara. Meine Schwester Liz hat keinen, aber auch absolut keinen Geschmack, wenn es darum geht, sich die richtigen Freunde auszusuchen! Es ist einfach unglaublich! Stell dir nur mal vor, was die Leute denken müssen, falls sie Liz mal zusammen mit Enid sehen und glauben, das wäre ich?«

Die beiden Mädchen bogen gerade um eine Ecke, als Jessicas Blick auf Bruce fiel. Er ging in Richtung Treppe und sah so fabelhaft wie immer aus. Die weißen Cord-Jeans und der kornblumenblaue Sweater standen ihm ganz toll.

Jessicas Knie fingen an zu zittern, und ihr Herz klopfte wie verrückt.

»Du, Cara, ich muß jetzt gehen. Wir treffen uns nachher ja noch!« Cara interessierte Jessica in diesem Moment überhaupt nicht mehr, sie sah nur noch Bruce. Sie ließ ihn keine Sekunde aus den Augen und bewunderte, wie geschmeidig und elegant er sich bewegte.

Er ist einfach perfekt, dachte sie, und ein Schauer lief ihr über den ganzen Körper. Er ist absolut perfekt, von den Zehenspitzen bis zu seinen lässig zerzausten Haaren. So gut, wie er aussieht, könnte er glatt auf dem Titelblatt einer Illustrierten erscheinen.

Jessica hatte das Gefühl, als müßte sie bis in alle Ewigkeit wie angewurzelt auf diesem Fleck stehenbleiben, ohne daß sie in der Lage war, ihren Blick auch nur für einen Augenblick von Bruce abwenden zu können.

»He, nun warte doch«, rief Cara und zog Jessica am

Arm. »Du hast mir doch immer noch nicht alles von Ken und Ms. D...«

Aber Jessica dachte überhaupt nicht mehr an Ms. Dalton. Sie hatte nur noch Bruce im Sinn. Ihre Erstarrung löste sich, und wie eine Kugel, die sich unerbittlich ihrem Ziel näherte, schoß sie los, um ihn nur ja noch einzuholen.

3

»He, wen haben wir denn da? Wenn das nicht unsere süße kleine Jessica ist!« meinte Bruce herablassend, als er Jessica neben sich entdeckte. Er musterte sie abschätzend. »Irgendein Schäfchen verloren?«

Jessica lachte, als hätte er den tollsten Witz auf Erden gerissen. Bruce Patman hätte die Unabhängigkeitserklärung auf Latein zitieren können, und trotzdem hätten alle Mädchen an der Schule fasziniert an seinen Lippen gehangen.

»Ich weiß gar nicht, wovon du sprichst, Bruce!« Jessica beherrschte die Rolle des zarten, hilflosen Weibchens perfekt. »In Wahrheit bin ich nämlich das einsamste Mädchen der ganzen Schule. Würdest du mir glauben, wenn ich dir sage, daß mich noch kein Mensch zum Herbstball eingeladen hat?«

»Wetten, daß Egbert sich darum reißen würde? Ich hab' mir sagen lassen, daß er ganz verrückt nach dir ist!«

Jessica zog eine Grimasse.

»Egbert ist nun wirklich der allerletzte Typ auf der ganzen weiten Welt, mit dem ich gehen würde! Ich meine, ehrlich, er ist irgend sowas wie … wie eine Witzfigur!«

Bruce grinste.

»Stimmt schon. Trotzdem ist er hinter dir her.«

»Leider! Na ja, er ist ganz nett, aber – ach, du weißt schon, was ich meine.« Jessica verdrehte die Augen, was soviel heißen sollte wie: Das ist doch ein vollkommen hoffnungsloser Fall!

Bruce lachte. »Doch, ich glaube schon, daß ich dich verstehe, Jessica.«

Wieder merkte Jessica, daß Bruce sie einer genauen Musterung unterzog. Wahrscheinlich überlegte er, ob sie wirklich sein Typ war.

Und es sah ganz so aus, als fände sie seine Anerkennung, denn plötzlich lächelte er so umwerfend, daß Jessicas Puls wieder zum Rasen kam. Na also – sie selbst hatte jedenfalls schon immer gewußt, daß sie sein Typ war. War es nun endlich so weit, daß ihm das auch auffiel?

Jessica befeuchtete ihre trockenen Lippen und fragte sich, was das wohl für ein Gefühl sein würde, wenn Bruce sie küßte. Wenn, und nicht falls! Das Wörtchen »falls« existierte für Jessica nämlich nicht.

Mittlerweile waren sie oben an der Treppe angekommen, und Jessica überlegte verzweifelt, wie sie Bruce noch eine Weile aufhalten könnte. Doch sie brauchte nicht lange warten, bis sie eine Idee hatte. Unauffällig fühlte sie nach ihrem Goldkettchen – sie und Elizabeth hatten die gleichen Kettchen von ihren Eltern zum sechzehnten Geburtstag geschenkt bekommen. Ja, da war es, unter dem Pullover verborgen.

»Verdammter Mist!« fluchte sie leise, aber unüberhörbar. »Mein Halskettchen! Ich muß es gerade erst hier auf der Treppe verloren haben. Bruce, du mußt mir unbedingt helfen, es wiederzufinden. Ich werde wahnsinnig, wenn ich es wirklich verloren habe. Meine Eltern haben eine Menge Geld dafür ausgegeben!«

Uninteressiert betrachtete Bruce die Treppe.

»Ich seh' es nirgendwo. Aber hör mal, Schätzchen, mach dir keine Sorgen. Es taucht bestimmt bald wieder auf. Ich muß jetzt weg, hab' noch was zu tun. Bis die Tage mal!«

Bevor Jessica noch protestieren konnte, war Bruce schon verschwunden. Sie stand enttäuscht und überrascht da und starrte ihm einfach hinterher.

»Hab' ich da gerade richtig gehört? Du hast dein Halskettchen verloren?«

Jessica drehte sich um. Da stand Winston Egbert, grinste sie verlegen an und wurde bis über beide Ohren rot. Sie seufzte.

»Ja, stimmt schon. Aber das ist nicht so wichtig. Ich such' es nachher in aller Ruhe.«

»Ehrlich, Jessica, mir macht das aber gar nichts aus, dir beim Suchen zu helfen«, bot er ihr hilfsbereit an. »Ich bin sogar richtig gut, wenn's darum geht, irgendwelche verloren gegangenen Sachen zu finden!« Winston lachte.

»Meine Freunde nennen mich deshalb auch Sherlock Holmes. Ich hab' sogar schon mal eine Briefmarke wiedergefunden, die mein Bruder verloren hatte. Und du rätst es nie im Leben, wo ich sie gefunden habe! Sie klebte unter meinem Schuh, genau da war das Ding! Ich wette, das war der letzte Platz auf der ganzen Welt, wo sonst noch jemand gesucht hätte, oder?«

Jessica wollte an ihm vorbeigehen, da aber Winston genau in diesem Augenblick einen Schritt zur Seite machte, stießen sie natürlich zusammen.

»Mensch, Jessie, das tut mir aber leid!« entschuldigte sich Winston, und sein Gesicht wurde noch röter. »Ich wollte dir doch nicht auf den Fuß treten! Alles in Ordnung?«

Jessica zuckte zusammen und suchte verzweifelt nach irgendwelchen Ausflüchten, um endlich von Winston wegzukommen. Obwohl er ihr ziemlich auf die Nerven fiel, brachte sie doch ein kleines Lächeln zustande.

»Danke, Winston, aber ich habe dir doch eben schon gesagt: Es ist nicht so wichtig. Ich muß jetzt weg, ich bin schon viel zu spät dran!«

»In Ordnung, Jessica«, meinte er verständnisvoll. Dennoch war die Enttäuschung auf seinem Gesicht nicht zu übersehen. »Ich seh' dich später noch, ja?«

Bevor Jessica um die Ecke bog, drehte sie sich noch einmal um und erhaschte noch einen Blick auf Winston, wie er auf den Knien rutschend die Treppe nach einer gar nicht verloren gegangenen Kette absuchte.

Jessica war ziemlich schlecht gelaunt, als sie aus der Schule nach Hause kam. Zuerst hatte es ganz danach ausgesehen, als ob Bruce an ihr interessiert wäre, und was machte der Kerl dann? Eine Kehrtwendung um 180 Grad! Jessica kam es vor, als hätte sie einen Tiefschlag erhalten.

Sie verstand einfach nicht mehr, was los war. Es

mußte doch irgendeine Möglichkeit geben, sein Interesse zu wecken. Sie erinnerte sich wieder daran, wie er sie gemustert hatte. Dabei hatte er bestimmt nicht einen Quadratzentimeter an ihrem Körper ausgelassen. Jessica wurde gleich wärmer ums Herz, als sie nur daran dachte. Vielleicht hatte sie ja doch noch eine Chance!

»Wo ist denn Liz?« fragte sie ihre Mutter, die schon von der Arbeit zurück war und jetzt den Salat putzte.

»Ich glaube, sie ist mit Enid zusammen. Die beiden haben mir irgend etwas über ein Kunst-Projekt erzählt. Plakate für den Herbstball, glaube ich.«

Man hätte die hübsche, sonnengebräunte Alice Wakefield ohne weiteres für die ältere Schwester der beiden Zwillinge halten können. Sie sah mindestens so attraktiv aus wie ihre beiden Töchter. Die Mädchen hatten die Schönheit von ihr geerbt.

Jetzt war sie vollauf mit den Vorbereitungen für das Essen beschäftigt.

»Ach, Enid!« sagte Jessica bewußt abwertend. »Muß das denn sein? Wie kann meine Schwester nur mit so einem langweiligen, nichtssagenden Mädchen herumziehen?«

Mrs. Wakefield drehte sich um und sah ihre Tochter mißbilligend an.

»Jessica, bitte, paß auf, was du sagst! Enid ist wirklich ein sehr nettes Mädchen. Sie und Liz verstehen sich gut und haben eine ganze Menge Interessen gemeinsam!«

»Ja, und das ist wahrscheinlich auch der Grund, warum sich Enid langsam zu einem Abklatsch von

Liz entwickelt! Es ist einfach zum Haare ausreißen! Dauernd ist sie hier bei uns. Hat sie eigentlich kein eigenes Zuhause mehr?«

Alice Wakefield lächelte.

»Na, höre ich da vielleicht so etwas wie Eifersucht heraus, hm?«

»Ich soll auf Enid Rollins eifersüchtig sein? Wie kann meine eigene Mutter nur so etwas Gemeines von ihrer Tochter behaupten?«

»Vielleicht, weil es ganz einfach die Wahrheit ist?« schlug ihre Mutter freundlich vor.

»Mom!«

»Nun ja, Liz ist wirklich sehr viel mit Enid zusammen. Deswegen wirst du sie wahrscheinlich auch weniger sehen als früher!«

»Es ist schließlich Liz' Sache, wenn sie sich mit solchen Typen abgeben will, nicht meine. Mir macht es doch nichts aus, wenn sie sich ihren guten Ruf kaputt macht, nur weil sie sich mit solchen Langweilern abgibt – mir soll's doch egal sein!«

»Gut gesagt! Liebling, gib mir mal den Kartoffelschäler aus der zweiten Schublade. Ja, genau den. Hab' ich dir eigentlich schon erzählt, daß Steve heute nach Hause kommt und Tricia zum Abendessen mitbringt?«

Tricia Martin war die Freundin von Jessicas Bruder Steve. Er wohnte zwar in einem Studentenwohnheim in einer Nachbarstadt, aber er kam oft nach Hause, hauptsächlich wegen Tricia.

Was Tricia anging, so hatte Jessica sich immer noch nicht beruhigt. Immer wieder konnte sie sich darüber aufregen, daß ihr Bruder mit einem Mädchen befreundet war, dessen Familie den denkbar schlechtesten Ruf hatte.

Im Augenblick beschäftigte es sie allerdings viel mehr, daß ihre Schwester Elizabeth auf dem besten Weg war, »sozialen Selbstmord« zu begehen – so sah sie deren Freundschaft zu Enid.

»Liz kann treffen, wen immer sie will«, wiederholte Jessica noch einmal. Sie angelte sich eine Tomate aus dem Korb, der auf der Spüle stand, und biß voller Genuß hinein.

»Stimmt!«

»Von mir aus kann sie sogar mit einem einäugigen Nilpferd befreundet sein – das ist mir auch ganz egal!«

»Mein Gott, Jessie, bist du heute aber großzügig! Und iß bitte nicht alle Tomaten auf! Laß noch ein paar für den Salat übrig!«

»Sie kann sich meinetwegen sogar mit zehn einäugigen Nilpferden treffen, wenn es das ist, was sie gerne möchte. Es geht mich absolut nichts an, und es stört mich auch nicht im geringsten.«

»Ich gebe dir vollkommen recht!«

»Und wenn sie nun mal lieber mit Enid Rollins als mit mir zusammen ist, warum soll mich das eigentlich stören? Ich hab' doch sowieso hundertmal mehr Freunde als Liz. Und außerdem war ich es ja auch, die Enid zum ersten Mal hier zu uns ins Haus gebracht hat!«

Jessica gab das zwar nicht gern zu, aber es stimmte. Enid war zuerst mit ihr befreundet gewesen, doch dann hatte sie Elizabeth vorgezogen. Und das war etwas, das Jessica niemals vergessen konnte.

Plötzlich brach sie in lautes Schluchzen aus. Verfluchte Enid Rollins, dachte sie. Und verdammter Bruce Patman. Sie brauchte keinen von den beiden. Jeder wußte doch, daß sie absolut jeden Freund und jede Freundin haben konnte, wenn sie nur mit dem kleinen Finger schnippte. War es denn ihre Schuld, wenn Enid und Bruce ihre wahren Werte nicht erkannten?

Alice Wakefield legte ihr tröstend eine Hand auf die Schulter. Solche Ausbrüche kannte sie von ihrer jüngeren Tochter – Elizabeth war genau vier Minuten älter – nur zu gut. Schon als kleines Kind hatte Jessie diese Zornausbrüche gehabt. Die Wutanfälle kamen so schnell und waren so heftig wie ein Sommergewitter, aber genauso schnell waren sie auch wieder vorbei.

»Sei nicht traurig, Liebes«, versuchte sie Jessica zu beruhigen. »Dich kann doch wirklich niemand ersetzen, wenn es um Liz geht, oder?«

»Das will ich aber auch hoffen!« brummte Jessica. »Ich bin immerhin die allerbeste Freundin, die Lizzy überhaupt haben kann!«

»Schön, und warum regst du dich dann so auf?«

»Ach, über nichts! Absolut nichts!« Heftig biß sie in eine neue Tomate. Saft und Kerne tropften herunter und ausgerechnet auf Jessicas Lieblingsstrickjacke aus rosa Angora.

»O nein! Das darf doch nicht wahr sein!« schrie sie. »Die Jacke ist total ruiniert! Die kann ich nie wieder anziehen! Verdammter Mist!«

Mrs. Wakefield seufzte tief, als sie ihrer Tochter einen Lappen reichte.

»Wenn das so ist, dann könnten wir die Jacke ja als Ersatz zum Abendessen servieren. Das war nämlich die letzte Tomate!«

Wütend rannte Jessica die Treppe hinauf. Sie lief direkt in Elizabeths Zimmer und ließ sich auf das Bett ihrer Schwester fallen. Sie war immer lieber bei ihrer Schwester im Zimmer als in ihrem eigenen. Es war bei Liz viel gemütlicher, auch weil es aufgeräumter war.

Ihr eigenes Zimmer nannte Jessie immer ihre »Höhle«, schon weil sie die Wände schokoladenfarben gestrichen hatte. Elizabeth fand eher, daß Jessicas Zimmer aussah »wie eine Mischung aus einem Schlammloch und dem Wühltisch im Supermarkt«!

Nichts auf dieser Welt ist fair, dachte Jessica und brütete vor sich hin. Elizabeth würde mit Ted Wilkins zum Ball gehen, und sogar die langweilige Enid hatte ihre Verabredung – mit Ronnie Edwards, der vor lauter Liebe so blind war, daß er als Vorsitzender der Jury bei der Wahl wahrscheinlich eine Million Stimmen allein für Enid aufbringen würde. Und es tröstete Jessie auch kein bißchen, daß sie unter einem halben Dutzend Einladungen für den Ball hätte wählen können, wenn sie es nur gewollt hätte.

Dann auf einmal fiel Jessica ein Stückchen Papier ins Auge, das unter dem Bett hervorlugte. Das sah doch aus wie ein Brief! Und weil sie nun einmal von Natur aus unbezähmbar neugierig war und auch nicht die geringsten Skrupel hatte, in den Sachen anderer Leute herumzustöbern, griff sie schnell nach dem Papier.

»Liebe Enid«, las sie, und plötzlich war sie höchst interessiert.

»Ich bin ziemlich fertig. Ich kann nicht so vorausdenken und meine Zukunft so planen wie Du. Ich muß immer an früher denken, und ich versteh' heute noch nicht, wie lawinenartig sich das alles damals entwickelt hat. Weißt Du, ich denke daran, daß wir beide das Zeug einfach so genommen haben, ohne zu überlegen, und dann auf einmal haben wir in meinem GTO gesessen und sind mit 120, 130 Sachen durch die Gegend gerast ...!«

Jessica lächelte so zufrieden wie eine Katze, die gerade verbotenerweise an der Sahne geschleckt hat. Langsam nahm ein Plan in ihrem Kopf Gestalt an. Sie faltete den Brief zusammen und steckte ihn sorgfältig in die Tasche ihrer Jeans. Natürlich würde sie den Brief wieder zurücklegen müssen, bevor Elizabeth merkte, daß er weg war. Aber das war kein Problem.

Fröhlich pfeifend ging Jessica die Treppe hinunter in das Zimmer ihres Vaters. Dort hatte er ein kleines Fotokopiergerät stehen ...

4

»Was ist denn mit Ronnie und Enid los?« wollte Ted wissen. »Haben sie irgendwie Streit?« Ted und Elizabeth flüsterten leise miteinander, während sie darauf warteten, daß Ronnie und Enid mit dem Popcorn zurückkommen würden. Die beiden Pärchen unternahmen oft irgend etwas zusammen, und das Valley Cinema war einer ihrer beliebtesten Treffpunkte. Bisher hatten die vier immer viel Spaß bekommen. Aber heute abend spürte auch Elizabeth, daß etwas in der Luft lag.

»Ronnie benimmt sich komisch«, bestätigte sie.

Sie wollte Ted nicht erzählen, wie viele Sorgen sie sich in Wirklichkeit um Enid machte. Sie war besorgt, daß Ronnie auf irgendeine Art und Weise doch etwas herausgefunden hatte. Als sie, Liz, Enid versprochen hatte, niemandem in das Geheimnis einzuweihen, hatte das auch Ted eingeschlossen, unabhängig davon, daß er ihr Freund war und daß sie sich ihm näher und vertrauter fühlte als sonst einem Menschen.

Elizabeth betrachtete Ted glücklich und freute sich mehr als je zuvor, daß er zu ihr gehörte – trotz all der Intrigen, die Jessica anfangs ausgeheckt hatte, um sie beide gar nicht erst zusammenkommen zu lassen. Jessica hatte Ted nämlich für sich selbst haben wollen, und Elizabeth konnte das im Grunde nur zu gut verstehen.

Ted war einer der bestaussehenden Jungen an der Sweet Valley High. Abgesehen davon war er auch der beste Basketball-Spieler. Er war groß und schlank, hatte braunes, gelocktes Haar, das ihm immer in die Stirn fiel.

Am meisten aber liebte Elizabeth seine dunkelbraunen Augen. Sie hatte immer das Gefühl, daß sie glatt in ihnen versinken könnte. Und ein großer Vorzug war noch, daß es Ted ziemlich gleichgültig war, ob er nun bei anderen beliebt war oder nicht. Er war nett und freundlich zu den Leuten, die ihm gefielen und zu denen er freundlich sein wollte. Die anderen, die er für Snobs hielt oder die er nicht mochte, ließ er einfach stehen. Um sie kümmerte er sich nicht weiter, egal wie hoch sie sonst auch im Kurs standen.

In dieser Hinsicht waren Elizabeth und er sich sehr ähnlich. Und sie wußte auch, daß sie ihm immer alle ihre Sorgen erzählen konnte, und daß er sie verstehen würde.

»Hast du auch gemerkt, daß Ronnie Enid die ganze Zeit nicht einmal berührt hat?« stellte Ted fest und drückte dabei Elizabeths Hand. »Wirklich komisch. Sonst hängt er doch immer so an ihr, daß sie kaum noch Luft bekommt!«

Elizabeth nickte. »Arme Enid! Sie sieht auch ziemlich verstört aus!«

»Hoffentlich macht Ronnie nicht schon wieder auf seine eifersüchtige Tour. Erinnerst du dich noch, wie er durchgedreht ist, als sie mit diesem Typ im ›Guido‹ gesprochen hat?«

»Ja. Und dabei hat sie doch nur versucht, dem klarzumachen, daß sie auf gar keinen Fall Anchovis auf der Pizza haben wollte.«

»Das ist schon verrückt«, meinte Ted und schüttelte seinen Kopf. »Wenn man jemanden liebt, sollte man ihm auch vertrauen. Es ist doch wirklich albern, sich völlig sinnlos über irgend etwas aufzuregen, wenn man statt dessen doch eine schöne Zeit miteinander haben könnte!«

»So wie wir beide, meinst du?« Elizabeth lehnte sich ganz dicht an ihn und hauchte einen Kuß auf seinen Nacken. Ted gab ihr auch einen Kuß als Antwort darauf.

Als Elizabeth überlegte, wie es sein würde, wenn sie Ted verlor, zog sich alles in ihr zusammen. Und sie konnte mit Enid mitfühlen, die wirklich allen Grund hatte, Angst zu haben.

»Hoffentlich ist mit Enid alles in Ordnung«, sagte sie, als sie entdeckte, daß Ronnie jetzt allein auf sie zukam. Allein! »Vielleicht ist es besser, wenn ich mal nachsehe ...«

Sie fand Enid im Waschraum, als diese sich gerade ihre Augen mit einem Papiertaschentuch trocknete.

»He, Enid, was ist denn los?« erkundigte Elizabeth sich besorgt.

Enid schüttelte den Kopf. »Ich weiß es selbst nicht. Ich ... ich ... Ronnie benimmt sich heute abend so komisch. Als wenn er jemand ganz anderer wäre. Ich hab' so das Gefühl, als wenn er hundert Millionen Meilen weit von mir weg wäre.« Sie wirkte müde und niedergeschlagen. »O Liz, meinst du, er hat was rausgekriegt?«

»Ach was, es ist bestimmt etwas ganz anderes«, versuchte Elizabeth ihre Freundin zu beruhigen, aber sie hörte sich nicht sehr überzeugt an. »Vielleicht hat er ein Problem zu Hause. Du hast mir doch schon mal erzählt, daß seine Eltern geschieden sind!«

»Ja, weil seine Mutter sich dauernd mit anderen Männern herumgetrieben hat!« antwortete Enid verbittert.

»Sieh mal, es ist bestimmt nicht einfach für ihn, allein mit seinem Vater leben zu müssen. Vielleicht verstehen sich die zwei auch nicht so besonders. Rede mal mit ihm darüber, Enid. Es könnte doch sein, daß er den Anstoß von dir braucht, weil er von sich aus Angst hat, mit dir zu sprechen!«

»Phantastisch! Vielleicht will er mit mir Schluß machen und hat nur Angst, daß ich ihm seinen Freundschaftsring nicht zurückgebe.«

»Quatsch, so was würde Ronnie nie tun. Er liebt dich doch.« Aber obwohl Elizabeth das ganz zuversichtlich behauptete, war sie selbst dessen nicht allzu sicher.

»Für Ronnie bedeutet jemanden zu lieben, absolut kompromißloses Vertrauen und absolute Treue zu zeigen«, sagte Enid. »Wenn er auch nur eine Sekunde lang vermutet, daß ich mich mit George schreibe, dann ist das das Ende. Er würde mir das niemals verzeihen!«

Jemand, der so intolerant und engstirnig ist, verdient dich überhaupt gar nicht, dachte Elizabeth.

»Ach komm, nun mach dir mal keine Sorgen«, fing sie an. »Ich bin doch der einzige Mensch, der von diesen Briefen weiß. Und wenn Ronnie trotzdem irgendwie etwas davon erfahren haben sollte – mein Gott, die ganze Sache mit George ist doch schon vor einer Ewigkeit passiert, lange bevor du Ronnie kennengelernt hast. Das kann er dir doch nicht im Ernst vorwerfen, oder? Das wäre einfach nicht fair!«

»Wer behauptet denn, daß Liebe fair ist?« fragte Enid nur und putzte sich dann energisch die Nase.

Sie überprüfte noch einmal ihr Make-up und bürstete sich die Haare so heftig, daß sie sich elektrisch aufluden und regelrecht abstanden. Sie streckte sich, hob ihre Schultern wieder selbstbewußt und begutachtete sich noch ein letztes Mal im Spiegel.

»Es kann ja sein, daß ich mir wirklich alles nur einbilde«, sagte sie, und ihre Stimme klang heiser. »Vielleicht ist Ronnie heute einfach nur schlecht gelaunt!«

Elizabeth hoffte inständig, daß ihre Freundin damit recht hatte.

Nachdem sie Elizabeth und Ted abgesetzt hatten, hatte Enid das komische Gefühl, daß zwischen ihr und Ronnie ein Abgrund klaffte, der mindestens so breit war, wie die Rocky Mountains lang waren. Sie hatte sich schon Hoffnungen gemacht, daß er irgendwie wegen Elizabeth und Ted verstimmt war, und deshalb nicht gesprochen hatte. Aber als sie jetzt allein waren, verhielt er sich genauso abweisend wie vorher auch.

»Wo fahren wir eigentlich hin?« erkundigte sie sich, als Ronnie an der Abzweigung vorbeifuhr, die zu ihrem Haus führte.

»Ich dachte, daß wir irgendwo noch eine Weile parken«, antwortete Ronnie, aber Enid konnte nicht erkennen, was wirklich in ihm vorging.

Sie warf ihm einen scheuen Blick zu. Als sie ihn so ansah, wie sich sein Profil gegen das fahle Straßenlicht abzeichnete, schöpfte sie wieder neue Hoffnung. Auch wenn er sich ziemlich seltsam benahm, so wollte er anscheinend doch mit ihr zusammensein.

Enid mußte sich beherrschen, denn am liebsten hätte sie ihm jetzt sein lockiges, rotbraunes Haar durcheinandergewühlt. Zwar hatte er ihr zu verstehen gegeben, daß er noch mit ihr zusammensein wollte aber sie fühlte doch, daß irgend etwas in der Luft lag!

Ronnie fuhr zum Miller's Point, einem der beliebtesten Treffpunkte von Sweet Valley. Es standen schon vier, fünf andere Autos dort, und nach den beschlagenen Scheiben zu urteilen, waren sie schon eine ganze Weile da.

Ronnie verschwendete keine Sekunde. Er hatte noch nicht mal richtig den Motor abgestellt, da griff er schon brutal nach Enid und küßte sie so wild, daß sie kaum noch Luft bekam.

»He, warum hast du es denn so eilig?« fragte sie. Sie wollte jetzt endlich wissen, was eigentlich los war. Als sie es mit Mühe und Not geschafft hatte, sich von seiner Umarmung, die eher eine Umklammerung war, zu befreien, zitterte sie.

Irgend etwas in ihr schlug Alarm. So hatte sich Ronnie doch bis jetzt noch nie verhalten! Normalerweise war er immer sehr behutsam und zärtlich und hielt sich an die Grenzen, die sie ihm setzte.

Aber heute abend war er einfach – unbeherrscht. Irgend etwas lief völlig falsch!

»Tut mir leid«, murmelte er. Er setzte sich wieder richtig in seinen Sitz und suchte nach einer Kassette.

Lauter, hämmernder Rock dröhnte durch den Wagen. Normalerweise suchte Ronnie sonst immer weiche, romantische Musik heraus. Offensichtlich war ihm heute abend nicht danach zumute. Enid hielt es nicht länger aus.

»Ronnie, was ist los mit dir?« wandte sie sich an ihn. »Was ist denn nicht in Ordnung?«

Nervös hämmerte er den Takt der Musik auf dem Lenkrad mit und vermied es, ihr in die Augen zu schauen.

»Na ja, ich wollte es dir ja eigentlich noch nicht sagen, aber ... es ist wegen des Herbstballs. Ich, tja ...«

Enid hatte das Gefühl, als ob ihr das Herz stehen bleiben müßte. »Was ist mit dem Ball?«

»Ich weiß nicht, ob ich mit dir dahingehen kann. Weißt du, es könnte sein, daß ich genau an diesem Abend für meinen Vater arbeiten muß. Er ist nicht in der Stadt und dann braucht er einfach jemanden, der sich um den Laden kümmert ...!«

»O nein, das darf doch wohl nicht wahr sein!« Enid fühlte sich auf einmal ganz entsetzlich.

Ronnies Vater besaß einen von diesen Supermärkten, die rund um die Uhr geöffnet waren. Aber sie wußte ganz genau, daß es ein Leichtes gewesen wäre, irgend jemanden zu finden, der Mr. Edwards hätte vertreten können.

Daß Ronnie sich nicht schämte, sie mit einer so fadenscheinigen und leicht zu durchschauenden Entschuldigung abzuspeisen! Enid spürte, wie ihr die Augen brannten, und sie wußte, gleich würde sie anfangen zu weinen.

Sie kämpfte gegen die Tränen an. Sie war wild entschlossen, stark zu bleiben und Ronnie nicht merken zu lassen, wie sehr er sie eben verletzt hatte.

»Ja, ich finde das alles auch sehr schade, Enid, aber du weißt ja, wie das manchmal so geht. Man kann eben nichts daran ändern. Auf jeden Fall werde ich dir spätestens in ein paar Tagen mit Sicherheit sagen können, ob es nun bei unserer Verabredung bleibt oder nicht.«

Er glaubt wohl auch noch, daß er es mir besonders leicht macht, dachte Enid. Leicht? Es ist die reinste Qual! Sie hatte sich diese Szene schon so oft im Geist ausgemalt, aber jetzt, wo es tatsächlich geschah, kam ihr alles so unwirklich vor, als würde das gar nicht ihr selbst passieren.

Enid zitterte. Mit einem Schlag fühlte sie sich schrecklich allein gelassen, und ihr war so kalt. Sie sehnte sich nach der Wärme von Ronnies Umarmung, auch wenn er sich dabei so komisch benahm.

Sie machte noch einen Versuch, wie um sich zu bestätigen, ob sie nicht alles einfach träumte. Sie wollte, daß alles wieder wie vorher war, daß Ronnie sie wieder so liebhatte.

Sie war so verzweifelt, daß sie ihm am liebsten in

allem nachgegeben hätte, als er sie jetzt wieder fest und fordernd in seine Arme nahm und sie hart und wild küßte.

Aber irgend etwas in ihr wehrte sich dagegen. Nein, bitte, Ronnie, halt mich doch anders, flehte sie im stillen. Sie versteifte sich und entzog sich ihm.

»Ronnie, bitte! Können wir nicht einfach nur hier sitzen und über alles vernünftig miteinander reden?« bat sie ihn.

»Worüber sollen wir reden?« Er hörte sich eiskalt und angriffslustig an.

»Oh ...« Am liebsten hätte sie sich alles von der Seele geredet, es herausgeschrien, was sie für ihn fühlte, seit sie das erstemal zusammen ausgegangen waren. Aber irgend etwas hinderte sie daran. Sie blieb stumm. Im Hals steckte ihr ein dicker Kloß.

»Ach, über irgendwas. Einfach nur reden. Gibt es was Neues in der Schule?«

»Weißt du denn schon das Neueste über Ken Matthews und Ms. Dalton?«

»Was ist denn mit denen?« erkundigte sie sich.

»Sag bloß, daß du noch nichts davon gehört hast! Die ganze Schule redet doch darüber. Die beiden haben was miteinander!«

»Das glaub' ich einfach nicht!« Für den Augenblick vergaß Enid ihre eigene Verzweiflung. »Ms. Dalton würde sich doch nie auf so was einlassen!«

»Und woher willst ausgerechnet du das wissen?« sagte Ronnie provozierend. »Die ganze Zeit über machen Leute die verrücktesten Sachen!«

»Ehrlich, ich kann mir absolut nicht vorstellen, daß sie ...«

... mit Ken eine Affäre anfangen würde?« unterbrach Ronnie sie. »Doch, ich schon. Viele Leute haben zwei Gesichter, und ganz besonders dann, wenn es um die Liebe geht!«

Jetzt wurde Enid ärgerlich. »Moment mal! Du weißt doch überhaupt nichts Genaues. Wer hat dir eigentlich den ganzen Blödsinn erzählt? Hat irgend jemand die zwei tatsächlich zusammen gesehen?«

Beim besten Willen konnte Enid sich nicht die selbstsichere, überlegen wirkende Ms. Dalton in den Armen irgendeines so viel jüngeren, unreifen Schülers vorstellen. Natürlich war Enid voreingenommen, denn Ms. Dalton war ihre erklärte Lieblingslehrerin.

Als Enid einmal völlig in Tränen aufgelöst in die Schule gekommen war, weil sie sich mit ihrer Mutter gestritten hatte, hatte Ms. Dalton sie nach der Stunde beiseite genommen und versucht, sie zu trösten.

Seitdem hatte Enid es sich angewöhnt, nach der Schule mal eben bei Ms. Dalton vorbeizuschauen, denn es war so leicht, sich mit ihr über Probleme zu unterhalten. Nie schien es die Lehrerin zu stören, und immer hatte sie Zeit für ihre Schülerin.

Deswegen wollte Enid einfach nicht glauben, daß Ms. Dalton zu etwas so Schrecklichem fähig war.

»Wen interessiert das denn schon, ob wirklich jemand die beiden erwischt hat?« meinte Ronnie ganz ungerührt. »Wo es doch sowieso höchstwahrscheinlich wahr ist!«

Wieder zog er Enid an sich. Er rieb sein Gesicht hart an ihrer Haut, als er sie küßte. Als Enid versuchte, sich von ihm loszumachen, hielt er sie nur noch fester.

Schließlich hatte Enid sich aus seiner Umklammerung befreit. Sie drehte ihm den Rücken zu und sah aus dem Fenster, damit er nicht merken konnte, daß sie weinte. Die Tränen liefen über ihre Wangen und fielen auf ihre Hände, die sie ineinander verschränkt hatte, so fest, daß sich ihre Fingernägel schmerzhaft in die Handflächen gruben.

»Stell dich bloß nicht so an!« fuhr Ronnie sie an. »Oder kann ich vielleicht nicht mit dem guten alten Georgie-Boy mithalten? Du willst mich wohl kurz halten und nicht so nett zu mir sein wie zu ihm, was?«

Enid schnappte nach Luft. Sie hatte das Gefühl, gerade einen kräftigen Schlag in den Magen bekommen zu haben.

»Woher ... woher weißt du ... von George?«

»Meinst du, darauf käme es jetzt noch an? Das Wichtigste ist doch wohl, daß ich jetzt Bescheid weiß! Reicht das denn nicht?« Seine Augen wurden schmal vor lauter Wut. »O ja, ich hab' eine ganze Menge über dich gelernt, Enid, Sachen, die du mir bis jetzt so geschickt verschwiegen hast! Zum Beispiel weiß ich auch, daß du gar nicht so unschuldig bist, wie ich immer glauben sollte!«

»Ronnie, sag doch nicht ...« Enid brachte kein Wort mehr heraus. Verzweifelt schlug sie die Hände vors Gesicht. Sie konnte ihm einfach nicht mehr in die Augen schauen. Er haßte sie! Er haßte sie wirklich und wahrhaftig!

Er zog ihr grob die Hände vom Gesicht weg und zwang sie, ihn anzusehen. Seine Finger umklammerten ihre Handgelenke so fest, daß es ihr weh tat.

»Du hast mich sauber an der Nase herumgeführt«, schrie er sie an. »Ich weiß alles!«

»Ronnie, du verstehst überhaupt nichts. Laß mich doch erst mal alles erklären!«

»Du brauchst nichts mehr zu erklären, ich hab' auch so alles kapiert! So manches ist mir jetzt erst richtig klargeworden. Zum Beispiel, was für ein Idiot ich gewesen bin. Die ganze Zeit heuchelst du mir was von Liebe vor und so, und dabei schreibst du heiße Liebesbriefe an einen anderen. Hinter meinem Rükken hast du noch was mit einem anderen Typ! Ich frag' mich nur, wie ich so bescheuert sein konnte!«

Enid hatte das Gefühl, als würde ihr ganz langsam die Kehle zusammengedrückt. Sie kämpfte verzweifelt dagegen an, noch mehr zu weinen.

»Bitte Ronnie, hör mir doch zu! George und ich sind doch bloß gute Freunde. Es stimmt schon, daß wir früher fest zusammen gegangen sind. Aber das ist doch schon ewig lange her, so lange, daß es fast schon nicht mehr wahr ist. Du mußt mir einfach glauben!«

»Kannst du mir einen einzigen Grund sagen, warum ich dir glauben sollte? Du hast mich doch die ganze Zeit angelogen. Du hast die süße kleine Unschuld gespielt, dabei warst du doch die ganze Zeit immer noch auf George scharf und hast was mit ihm gehabt. Und weiß der Teufel mit wem sonst noch ...«

Damit war er zu weit gegangen. Vor lauter Wut schrie sie auf und schüttelte seine Hände ab.

»Okay, wenn du es unbedingt so sehen willst! Mir

ist jetzt auf jeden Fall sonnenklar, daß es dich kein bißchen interessiert, wie die Wahrheit aussieht. Warum kannst du mir nicht einfach vertrauen?«

»Vertrauen?« spottete Ronnie. »Findest du nicht selbst, daß sich das aus deinem Mund ziemlich komisch anhört? Ganz besonders, wenn man daran denkt, daß du mich die ganze Zeit über, während ich dir blind vertraut habe, nur betrogen und belogen hast! Vergiß es, Schätzchen! Ich bring dich jetzt nach Hause!«

Enid konnte einfach nicht glauben, daß es wirklich Ronnie war, der so mit ihr redete. Es war beinahe so, als ob er sich urplötzlich wie der normale, sympathische Dr. Jekyll in das Monster Mr. Hyde verwandelt hätte.

Der Alptraum, vor dem sie sich so lange gefürchtet hatte, war jetzt Wirklichkeit geworden. Und es war noch viel, viel schrecklicher, als sie es sich überhaupt hatte ausmalen können.

Während Ronnie sie nach Hause fuhr, strafte er sie mit eisernem Schweigen. Enid kauerte auf dem Beifahrersitz und bemühte sich immer noch, nicht ganz einfach laut loszuheulen.

Ein Gedanke hatte sich in ihr geradezu festgebissen und verdoppelte noch den Schmerz, den sie fühlte: Die Briefe. Liz mußte Ronnie von den Briefen erzählt haben! Nur Liz konnte sie so betrogen haben.

5

Elizabeth hatte lange schon ihre Schwester nicht mehr in ähnlich guter Laune erlebt. Jessica machte sie fast verrückt, wie sie jetzt übereifrig durch das Zimmer sauste, um all die Sachen zusammenzusuchen, die sie brauchte, weil sie bei Cara übernachten wollte.

»Wie findest du das hier?« wollte Jessica wissen und hielt sich ein weinrotes Kleid an. »Und dazu den Gürtel, den ich mir neulich gekauft habe?«

»Du machst dir aber ziemlich viel Mühe dafür, daß du nur mit Cara irgendwohin gehen willst«, meinte Elizabeth. »Was ist denn so Besonderes los?«

»Ja ... liebes Schwesterlein, das verrate ich dir nicht! Das mußt du schon selbst herausfinden«, erwiderte Jessica und lächelte geheimnisvoll.

Während sie sich daran machte, die Lockenwickler aus ihren Haaren zu lösen, summte Jessica fröhlich vor sich hin. Elizabeth kannte dieses Spielchen nur allzu gut, aber sie hatte absolut keine Lust, darauf einzugehen. Sie gähnte.

»Na, dann wünsch' ich dir viel Spaß! Wobei auch immer!«

Jessica starrte ihre Schwester im Spiegel überrascht an.

»Sag mal, bist du denn überhaupt nicht neugierig, was wir vorhaben? Kein bißchen?«

»Nein, eigentlich nicht!« Wieder gähnte Elizabeth.

»Du willst auch nicht nur ein winzig kleines bißchen raten?« Jessica sah ihre Zwillingsschwester gekränkt an.

»Okay, also laß mich mal raten ... Du bist zu einem Empfang ins Weiße Haus eingeladen, und deine gute Fee ist gerade dabei, eine von Moms Zucchinis in einen Jet zu verwandeln!«

Jessica schmiß ihre Haarbürste nach Elizabeth und verfehlte ihre Schwester um etliche Zentimeter.

»Ha-ha-ha! Sehr komisch!« sagte sie, wobei sie sich allerdings ziemlich zusammenreißen mußte, um nicht doch laut loszulachen.

»Na gut!« Elizabeth grinste. »Ich geb's auf! Wohin geht ihr zwei also?«

»Auf eine Fete bei Lillian. Du könntest jetzt auch eingeladen sein, wenn du dich ein bißchen mehr um sie gekümmert hättest und etwas netter zu ihr gewesen wärst!«

Elizabeth zuckte nur mit den Schultern.

»Warum sollte ich? Ich finde einfach, daß sie in allem übertreibt!«

»Na, aber auch nicht mehr als deine lieben Freunde!« fuhr Jessica sie an. »Ich will ja gar keine Namen nennen. Du weißt bestimmt auch so, wen ich meine! Der Name fängt mit E an ... und ich rede mit Sicherheit nicht von E. T.!«

»Kein Kommentar«, antwortete Elizabeth kurz angebunden. Sie fand es ziemlich schade, daß Jessica Enid so gar nicht leiden mochte. Aber sie wußte auch, daß ihre Schwester noch viel mehr sticheln würde, wenn sie ihre, Elizabeths, Gedanken erraten könnte.

»Egal, selbst wenn ich eingeladen wäre, würde ich auf keinen Fall zu Lillians Fete mitkommen. Auch wenn du's nicht zugeben willst, Jessie, die Fowlers sind einfach eingebildete Snobs! Wahrscheinlich, weil sie viel zu schnell so reich geworden sind!«

»Das ist mir doch egal, woher sie ihr Geld haben«, meinte Jessica. »Wichtig ist doch nur, daß sie genau die richtigen Leute kennen. Jeder, der auch nur etwas auf sich hält, ist auf dieser Fete!«

»Du meinst so Leute wie Bruce Patman, Bruce Patman und Bruce Patman?« Elizabeth konnte es sich einfach nicht versagen, ihre Schwester ein bißchen zu ärgern.

»Mach dich ruhig darüber lustig, wenn du das so komisch findest«, antwortete Jessica beleidigt. »Und Bruce Patman kommt wirklich auch hin. Verlaß dich drauf, diesmal wird er mich beachten müssen! So ... wie findest du mich jetzt? Ist mein Kleid so in Ordnung? Ich seh' doch nicht zu fett darin aus, oder?«

»Ja und nein!«

»Was?« Jessica kreischte auf, als wäre sie gerade tödlich verwundet worden. Sie wirbelte herum und sah ihre Schwester fragend an. »Wie kannst du es nur wagen zu behaupten, ich wäre fett? Wir beide wiegen haargenau dasselbe, nur zu deiner Information!«

»Komm, komm, Jessie. Reg dich doch nicht gleich so auf. Ich meinte: Ja, das Kleid steht dir gut! Nein, es macht dich nicht dick!«

»Na, das hört sich doch schon viel besser an!« Jessica war wieder wie umgewandelt, strahlend und überaus charmant. Sie schenkte Elizabeth ein umwerfendes Lächeln.

Als sie den letzten Lockenwickler herausgenommen hatte, schüttelte sie ihr schönes, goldblondes Haar, das sich nun in lauter kleinen Locken ringelte. Zu den wenigen Dingen, die Jessica wirklich bedauerte, gehörte, daß sie von Natur aus nicht mit lockigem Haar gesegnet war.

Elizabeth war inzwischen wieder in ihr Zimmer gegangen und wollte in dem Buch weiterlesen, das sie vorhin angefangen hatte. Doch sie konnte sich nicht richtig konzentrieren. Immer wieder mußte sie an Enid denken, und sie machte sich Sorgen, weil ihre Freundin bis jetzt noch nichts von sich hatte hören lassen.

Es war jetzt schon mehr als vierundzwanzig Stunden her, seit sie zusammen ausgewesen waren – für Enid war es ein Rekord, sich so lange nicht zu melden. Und ganz besonders, wo sie doch wußte, daß Elizabeth nicht nur neugierig, sondern wirklich besorgt darüber war, wie sich die Lage zwischen ihrer Freundin und Ronnie entwickelt hatte.

Sie selbst hatte schon zweimal versucht, bei Enid anzurufen, aber beide Male hatte Mrs. Rollins nur geantwortet, daß Enid zuviel zu tun hätte und nicht selbst ans Telefon kommen könnte.

Irgend etwas stimmte da nicht!

Elizabeth wollte es noch ein letztesmal versuchen. Wenn Enid wieder nicht ans Telefon kam, dann würde sie eben zu den Rollins gehen und sich persönlich erkundigen, was los war. Elizabeth überlegte hin und her, ob Ronnie vielleicht Schluß gemacht hatte. Oder ärgerte sich Enid nur, weil Liz ihr geraten hatte, ihm die Wahrheit zu erzählen?

Aber dieses Mal kam Enid ans Telefon – und Elizabeth erkannte ihr Freundin kaum wieder. Enids Stimme klang so unglaublich kühl und distanziert!

»Hallo, Enid! Ist mit dir alles in Ordnung?« fragte Liz besorgt. »Du hörst dich so komisch an. Du wirst doch nicht etwa eine Erkältung oder sowas haben?«

»Nein, ich bin schon in Ordnung!«

»Aber, du hörst dich gar nicht danach an! Enid, möchtest du mir nicht erzählen, wie es gestern abend noch gelaufen ist?«

Enid lachte. Aber es war ein Lachen, das sich eher wie ein Schluchzen anhörte.

»Mein Gott, Elizabeth, ausgerechnet du mußt mich noch danach fragen! Ich dachte, daß gerade du am besten darüber Bescheid wissen müßtest!«

»Sag mal, wovon redest du eigentlich? Enid, he, ich bin's, Liz! Was ist denn los mit dir? Ich wollte dir doch nur helfen, als ich dir geraten hab', mit Ronnie über alles zu reden. Hat er sich denn sehr aufgeregt, als du ihm alles erzählt hast? Bist du deshalb so komisch?«

»Aufgeregt?« Enid brachte das Wort kaum heraus. »Oh, so kann man das auch nennen! Das Dumme ist nur: Ich hab' ihm kein Sterbenswörtchen von der ganzen Sache erzählt! Aber trotzdem wußte er von den Briefen!«

Elizabeth schnappte nach Luft.

»Wie kann das denn möglich sein? Du und ich, wir sind doch die einzigen überhaupt, die davon wissen!«

»Eben! Du hast es erfaßt!« erwiderte Enid kühl.

»O Enid, du glaubst doch nicht etwa im Ernst, daß ...«

»Was soll ich nicht glauben?« Enid schrie Elizabeth jetzt an. »Klär du mich doch mal darüber auf!«

»Ich ... ich weiß nicht.« Elizabeth war so durcheinander, daß sie nicht mehr klar denken konnte. »Ehrlich, Enid, du mußt mir wirklich glauben, daß ich niemals ...«

»Und warum, bitte schön, sollte ich dir glauben? Du bist doch die Einzige, die außer mir von den Briefen gewußt hat! Die Einzige, hörst du? Und ich hab' dir vertraut! Es gibt doch keine andere Möglichkeit – nur du kannst Ronnie alles erzählt haben! O Liz, wie konntest du mir so etwas nur antun?«

»Enid, bitte ...«

Aber bevor Elizabeth noch ein einziges Wort sagen konnte, hatte Enid den Hörer schon auf die Gabel geschmissen. Es dauerte ziemlich lange, bis es Elizabeth richtig ins Bewußtsein drang, was da eben passiert war. Sie saß stocksteif da, den Telefonhörer immer noch in der Hand. Nur das Summen in der Leitung war zu hören. Dann, eine kleine Ewigkeit später, legte auch sie auf.

»Wer war denn dran?« Elizabeth hatte ihre Schwester gar nicht bemerkt.

»Das hat sich ja ganz so angehört, als ob du dich mit jemandem herumgestritten hättest!«

»Enid«, antwortete Elizabeth, und nun kamen ihr die Tränen. »Es war Enid!«

Jessica verzog das Gesicht.

»Was hat die denn schon wieder gewollt? Halt, sag nichts, laß mich raten! Sie konnte nicht vom Wohnzimmer in die Küche gehen, ohne dich zuerst um deine Meinung zu fragen, stimmt's?«

»Jessica, halt die Klappe!« fuhr Elizabeth ihre Schwester an. »Es ist absolut nicht lustig! Enid war total fertig. Sie und Ronnie haben Schluß gemacht. Und jetzt glaubt sie fest daran, daß alles nur meine Schuld ist!«

Elizabeth liefen die Tränen über die Wangen, als sie ihrer Schwester alles anvertraute, was passiert war. Jessica lief auf Elizabeth zu und nahm sie tröstend in die Arme.

»Das ist wirklich unfair von ihr! Wie kommt sie nur dazu, dir so was vorzuwerfen? Da ist doch garantiert etwas falsch gelaufen, das kann doch nur ein Mißverständnis sein. Wahrscheinlich ist ihr selbst mal was rausgerutscht, und jetzt, wo Ronnie Schluß gemacht hat, braucht sie einen Sündenbock! Ich hab' doch schon immer gewußt, daß sie dich nur benutzt, Lizzie! Ich hab' sie von Anfang an durchschaut. Sei froh, daß du mit der fertig bist!«

Jessica hatte Elizabeth so festgehalten, daß ihre Schwester kaum noch Luft bekam. Mit Mühe und Not machte Elizabeth sich frei.

»Ich bin sicher«, überlegte sie dann laut, »daß Enid nicht alles so wörtlich gemeint hat, wie sie es vorhin gesagt hat. Sie war einfach nur wütend, gekränkt, verletzt, weil Ronnie mit ihr Schluß gemacht hat. Es muß wirklich ziemlich schlimm für sie sein!«

»Und? Was ist mit dir? Was mußt du jetzt wegen ihr durchmachen?«

»Das werd' ich schon überleben! Aber um Enid mache ich mir schreckliche Sorgen!«

»Um Himmels willen, Liz, bewirbst du dich um den Friedens-Nobel-Preis oder was? Läßt du dir denn eigentlich alles gefallen?«

»Alles, was ich will, ist, in dieses ganze Durcheinander wieder Ordnung zu bringen. Wenn Enid mich doch nur anhören würde! Ich hab' so das Gefühl, daß sie sofort wieder auflegt, wenn ich jetzt noch einmal anrufe!«

»Na, dann warte doch einfach, bis du sie am Montag wiedersiehst. Vielleicht braucht sie selbst auch etwas Zeit!«

Gedankenverloren nagte Elizabeth an ihrer Lippe.

»Vielleicht ist es wirklich besser, wenn ich erst mal abwarte. Sie ist wahrscheinlich im Augenblick sowieso nicht in der Stimmung, auch nur irgend jemandem zuzuhören. Arme Enid! Ich kann einfach nicht glauben, daß Ronnie so blöd ist, nur wegen dieser paar Briefe an jemanden, mit dem sie sich noch nicht einmal trifft, mit ihr Schluß zu machen.«

»Kapierst du das denn nicht? Es geht ganz einfach ums Prinzip! Wie sollte er ihr jemals wieder vertrauen, wenn er doch weiß, daß sie ihn schon einmal angelogen hat? Ehrlich, Liz, ich find' das schon gut so, daß Ronnie die Wahrheit rausgefunden hat. Egal, wer ihm von den Briefen erzählt hat, derjenige hat ihm damit doch nur einen großen Gefallen getan!«

»Aber wer war es?« schrie Elizabeth. »Wer kann so etwas Scheußliches und Gemeines nur getan haben?«

Sie blickte auf und wollte Jessica nach deren Meinung fragen. Aber ihre Schwester war schon wieder gegangen, um sich weiter für die Fete zurechtzumachen. Wahrscheinlich hatte das Thema angefangen sie zu langweilen.

6

Lillian drückte Jessica ein Glas Rotwein in die Hand. »Probier mal!« sagte sie und kicherte albern. »Das ist ein teuflisch gutes Zeug! Ich hab' gleich ein paar Flaschen aus dem Weinkeller von meinem Vater stibitzt. Wetten, daß er das gar nicht merkt! Er hat doch Unmengen davon!«

Vorsichtig kostete Jessica den Wein. Sie kam sich richtig elegant und vornehm vor, als sie jetzt bei den Fowlers im Wohnzimmer saß und den französischen Wein trank.

Bei den Fowlers war eben einfach alles vornehm, angefangen bei dem wundervollen Grundstück bis hin zu dem Hausmädchen in schwarzem Kleid und weißer Schürze, das ihnen die Mäntel abgenommen hatte, als sie ankamen.

Als Jessica jetzt ihr eigenes gemütliches, wenn auch eher durchschnittliches Zuhause mit dem Besitz der Fowlers verglich, kam es ihr vor wie eine armselige Hütte.

»Wie hast du eigentlich deinen Vater dazu bekommen, daß du hier so eine Party feiern darfst, obwohl er gar nicht zu Hause ist?« fragte sie Lillian.

Lillian runzelte die Stirn. »Na ja, so direkt habe ich ihm das nicht gesagt, daß ich eine Fete machen wollte. Ich hab' ihm erzählt, daß ich ein paar gute

Freunde einladen möchte. Was er nicht weiß, macht ihn nicht heiß, oder? Außerdem ist es doch seine eigene Schuld, wenn er nur so selten hier ist. Schließlich braucht er ja auch nicht dauernd mit Ms. Dalton rumzuziehen ...« Lillian sprach nicht weiter und blickte Jessica nur düster an.

»Falls du gerade von Ms. D...«, fing Cara an.

»Meine Güte, wer hat denn noch nicht von ihr geredet?« unterbrach Jessica sie ungeduldig. »Ehrlich, ich kann das bald nicht mehr hören. Kann man sich denn mit keinem Menschen mehr über etwas anderes unterhalten?«

Wie so oft, so war Jessica auch jetzt von solchem Klatsch zu Tode gelangweilt – weder ging es um sie selbst noch um ein Thema, zu dem sie etwas Entscheidendes beitragen konnte. Langsam hatte sie das Gefühl, daß die Mädchen von Pi-Beta-Alpha, der Verbindung, zu der auch Jessica, Cara und Lillian gehörten, über absolut nichts anderes mehr schwatzen konnten.

»Habt ihr schon das Neueste von Ronnie und Enid gehört?« flüsterte Cara, als sie Ronnie erspähte, der neben dem Kamin stand. Für Cara war Klatsch das Herrlichste auf der Welt, solange sie nur mitmischen konnte. Um wen es ging oder ob sie jemandem damit weh tat, interessierte sie herzlich wenig.

»Na, so wie ich dich kenne«, meinte Dana Larson, die gerade an die Bar kam, »hast du wahrscheinlich schon lange vor Enid selbst davon gewußt, was?« Dann hielt sie Lillian ihr leeres Glas hin. »Nur eine Pepsi für mich, bitte! Ich muß ein bißchen wegen meiner Stimmbänder aufpassen!«

Dana war die Sängerin bei den Droids, Sweet Valleys Antwort auf die Rolling Stones. Sie standen im Ruf, ziemlich wild zu sein, aber das waren mehr oder weniger nur Vermutungen und Gerüchte.

Es gab nämlich nicht sehr viele Leute, die Bescheid darüber wußten, wie hart sie in Max Dellons Keller probten, der ihr Übungsraum war. Dana zum Beispiel war ein unheimlich nettes und eigentlich eher konservatives Mädchen, was man nie geglaubt hätte, wenn man sie zum ersten Mal in ihren auffallenden Kleidern sah. Heute hatte sie enge schwarze Samtjeans, ein paar rosa Stulpen und eine dunkelrote Satinbluse an.

Cara stieß Jessica in die Rippen.

»Sieh mal, Ronnie wirkt aber nicht besonders glücklich! Geh doch einfach mal zu ihm rüber und muntere ihn etwas auf!«

»Nein danke! Ich könnte viel besser selbst eine Aufmunterung gebrauchen!« Jessica setzte sich auf einen Stuhl und schlug die Beine übereinander. Dabei achtete sie genau darauf, daß ihr Rocksaum so weit über das Knie rutschte, daß es Wirkung zeigte.

»Wenn du damit Bruce meinst, dann kannst du das gleich wieder vergessen!« informierte Lillian sie. »Er kommt nämlich nicht!«

»Wie bitte?« Jessica war wie vom Schlag gerührt.

»Er hat mich eben erst angerufen und gesagt, daß er noch irgendwas am College zu tun hat. Du kennst ja Bruce – der treibt sich doch dauernd mit älteren Mädchen rum!«

Jessicas Herz rutschte ihr fast in die Schuhe, das

heißt, in Elizabeths Schuhe, um genau zu sein. Die hatte sie sich nämlich ausgeliehen.

Nach all dem Aufwand, den sie betrieben hatte und all den qualvollen Schönheitsprozeduren, besaß dieser Bruce die Unverschämtheit, nicht hier aufzutauchen! Und dabei wußte sie doch ganz genau, daß sie ihn um den Finger wickeln könnte, wenn er ihr auch nur die allerkleinste Chance dazu geben würde!

Das Schwierige war nur, ihn erst einmal in ihre Nähe zu bekommen. Jessica war klar, daß das nicht so leicht war, aber so schnell ließ Jessica sich wiederum auch nicht entmutigen. Die erste Hälfte auf dem Weg zu Bruce hatte sie schon überwunden – dank Enids Brief!

Flüchtig empfand Jessica so etwas wie Schuldgefühl, als sie daran dachte, wie elend Elizabeth im Augenblick zumute war. Aber wie hätte sie auch ahnen können, daß Enid ihre Schwester verantwortlich machen würde? Wirklich, die ganze Angelegenheit war doch von Anfang bis zum Ende allein Enids Schuld! Leute, die Briefe für jedermann sichtbar einfach herumliegen ließen, brauchten sich doch nicht zu wundern, wenn sie dann Ärger bekamen!

»Das Mädchen, mit dem Bruce zu dem Ball geht, ist neunzehn! Stellt euch das doch mal vor!« meinte Lillian. »Ich kann mir gar nicht vorstellen, daß jemand so Uraltes Spaß an einem Ball von der High School hat!«

Alles, was Lillian sonst noch erzählte, rauschte einfach an Jessica vorbei. Nur den einen Satz hörte sie im Geiste immer und immer wieder: Das Mädchen, mit dem er zu dem Ball geht ...

Sie trank das noch halbvolle Glas mit einem einzigen Schluck aus und holte dann tief Luft. Und trotzdem, sie würde nicht klein beigeben! Noch war die Schlacht nicht verloren! Sie mußte sich lediglich eine neue Taktik überlegen und sich neue Munition besorgen!

»O Lillian, das ist doch nicht einfach nur irgendein dämlicher High-School-Ball!« mischte Dana sich jetzt wieder ein. »Immerhin wird die beste Band aus der ganzen Gegend dort spielen ...«

Jessica hörte nun endgültig nicht mehr zu. Sie ließ Ronnie nicht aus den Augen, stand auf und ging zielstrebig auf ihr Opfer zu.

»Hallo, Herzensbrecher«, meinte sie ganz lässig und schob ihren Arm unter seinen. »Probier's doch mal mit einem Lächeln! Hast du schon mitbekommen, daß das hier eine irre Fete ist? Junge, du mußt dich amüsieren!«

»Tu' ich doch!« brummte er in sein Glas. »Ich amüsiere mich prächtig!«

»Na, du siehst aber eher so aus, als ginge es dir nicht besonders. Los, komm, ich kenn' da eine Super-Therapie. Wir tanzen!«

»Das ist nett von dir, Jessica, danke. Aber ich hab' jetzt keine Lust dazu. Ich bin nicht in Stimmung. Vielleicht nachher.«

Jessica änderte sofort ihre Haltung, statt weiter zu flirten, lächelte sie ihn ganz lieb und besorgt an.

»Vielleicht hättest du doch besser Enid mitgebracht!« meinte sie zuckersüß. »Das sieht doch ein Blinder, daß es dir ohne sie ziemlich mies geht!«

»Enid!« Er sah aus, als hätte man ihm gerade ein tödliches Gift eingespritzt. »Nein, danke!«

Clever wie sie nun einmal war, beeilte Jessica sich, Enid zu verteidigen.

»Sei doch nicht so streng mit ihr!« sagte sie. »Jeder kann doch mal einen Fehler machen. Wetten, daß es ihr wahnsinnig leid tut? Und das ist doch noch lange kein Grund, sie ein Leben lang zu hassen!«

»Schon, nur weiß ich zufällig ganz genau, daß Enid absolut nicht traurig ist! Ich hab's sogar schwarz auf weiß. Irgendwer hat mir nämlich eine Fotokopie von einem Brief in mein Schließfach geschoben, und diesen Brief hat irgend so ein Typ namens George geschrieben!«

Jessica tat so, als hätte sie ein so reines Gewissen wie ein neugeborenes Baby.

»Hm, Liz hat mal sowas erwähnt, daß ein gewisser George Enid Briefe schreibt. Aber du weißt doch, wie das so ist«, fuhr sie fort. »Wenn man mal so eng mit jemandem befreundet war, wie Enid mit diesem George, dann ist es nicht so leicht, ganz einfach jeden Kontakt abzubrechen!«

»Mensch, sie schreibt ihm schon seit zwei Jahren!«

»Hm«, meinte Jessica nur und trank wieder einen kleinen Schluck Wein. »Das hört sich ja wirklich so an, als würde etwas Ernstes dahinterstecken. Aber denk dran: Nicht immer ist alles so, wie es zu sein scheint! Du könntest dich auch täuschen!«

»Oh, ich hab' das schon alles ganz richtig verstanden«, antwortete Ronnie darauf. »Trotzdem, Jessica, finde ich es unheimlich nett von dir, daß du dich so bemühst. Es ist toll, wie du versuchst, Enid zu helfen, aber es funktioniert nicht. Zwischen Enid und mir ist alles aus. Vorbei und vergessen!«

»Und was ist mit dem Herbstball? Enid hat doch mit die besten Chancen, als Miß Sweet Valley High, als Königin, gewählt zu werden!«

»Na, daran hätte sie mal besser vorher denken sollen! Das ist jetzt nicht mehr mein Problem, sondern nur noch ihres! Sie braucht bestimmt nicht lange, bis sie irgendeinen anderen Trottel findet, der sich drum reißt, mit ihr auf den Ball zu gehen.«

»Und was ist mit dir?« fragte Jessica und lächelte ihn strahlend und scheinbar voller Sympathie an.

Er zuckte nur gleichgültig mit den Schultern.

»Wahrscheinlich werde ich schön zu Hause bleiben. Jetzt ist es doch zu spät, um sich noch mit jemandem zu verabreden!«

»So einen Zufall gibt's doch gar nicht«, rief Jessica. »Kannst du dir vorstellen, daß ich auch noch keine Verabredung habe?«

Natürlich hatten etliche Jungen sie einladen wollen, aber sie hatte jedem einen Korb gegeben, weil sie doch die ganze Zeit gehofft hatte, Bruce würde sie fragen. Aber damit konnte sie jetzt wohl nicht mehr rechnen. Alle anderen hatten mittlerweile feste Verabredungen. Und bis zu dem Ball war es nur noch eine knappe Woche.

»Wenn du noch keine Verabredung hast und ich noch keine ...«, schlug sie vor, »warum gehen wir zwei dann nicht zusammen zum Ball?«

Er sah sie mit einem solchen Ausdruck an, als hätte

sie ihm gerade vorgeschlagen, daß er sie auf seinem Rücken quer durch die Staaten tragen sollte.

»Ich, nun, ja, Jessica ...«

»Als Freunde natürlich! Einfach nur so!«

»Warum eigentlich nicht?« stimmte er daraufhin zu.

»Ja! Es gibt doch absolut keinen Grund für uns, daß wir allein zu Hause rumsitzen und trübsinnig werden, nur weil wir sonst keine Verabredung haben, stimmt doch, oder?« fragte sie ihn.

»Nein, ich glaube nicht!« Irgendwie kam Ronnie sich überrumpelt vor. Ungefähr so mußte sich jemand fühlen, den ein Wirbelsturm gepackt und dann in einem fremden Land wieder auf den Boden gesetzt hat.

Jessica lächelte ihr strahlendstes Lächeln. Langsam ließ sie ihre Hand über Ronnies Arm gleiten und verschränkte ihre Finger mit seinen. Sie führte ihn wie selbstverständlich auf die Tanzfläche, wo schon ein paar Pärchen eng umschlungen tanzten.

»Ach, übrigens«, informierte sie ihn ganz nebenbei. »Ich bin gegen Gardenien allergisch. Aber Orchideen finde ich hinreißend. Nur, besorg mit bitte keine rosafarbene – ich werde nämlich ein rotes Kleid anziehen!«

7

Als Elizabeth am Montagmorgen in die Schule kam, stellte sie bald fest, daß kein Mensch über die Trennung von Enid und Ronnie sprach. Es gab ein neues, aufregendes, pikantes Gerücht, daß irgendwann in der Woche davor aufgekommen war und sich wie ein Steppenbrand ausgebreitet hatte.

Praktisch jeder an der Sweet Valley High tuschelte über »Die Affäre« – die, von der alle als sicher annahmen, daß sie sich zwischen Ms. Dalton und Ken Matthews entwickelt hatte.

»Also, ich glaube, das ist alles erlogen«, sagte Elizabeth in der Pause zu Caroline Pearce, die genau wie sie bei den Pi-Beta-Alphas war. Sie hatten sich auf dem Gang getroffen.

Sie warteten darauf, daß Ms. Dalton das Klassenzimmer aufschließen würde. Elizabeth konnte sich nicht daran erinnern, daß ihre Lehrerin jemals zuvor nicht pünktlich gewesen war.

Und dann fiel ihr ein, daß Ms. Dalton schon die ganze letzte Woche über irgendwie verändert gewirkt hatte. Während des Unterrichts schien sie nervös und unkonzentriert zu sein. Auch die dunklen Ränder unter ihren Augen waren Elizabeth nicht entgangen. Sie sah immer so aus, als ob sie kaum Schlaf gefunden hätte.

Romane um die erste Liebe

Haben Euch Elizabeth, Jessica und ihre Freunde an der Sweet Valley High gefallen? Dann ist Euch klar, daß die Zwillinge immer für jede Menge Trubel sorgen. Langweilig wird Euch beim Lesen bestimmt nicht! Wenn Ihr also wissen wollt, was Jessica sonst noch alles ausheckt und wer sich in wen verliebt, dann besorgt Euch doch auch die anderen Bände unserer Taschenbuchreihe »Sweet Love«!

Band 56 001
Küß nicht immer meinen Zwilling
Elizabeth ist in Ted verliebt, Jessica will ihn für sich, aber Ted interessiert sich nur für Elizabeth. Ist das kompliziert? Eigentlich nicht – aber Jessica schafft es ohne Schwierigkeiten, ein verwirrendes Spiel daraus zu machen, vor allem, als sie ihrer Schwester etwas anlastet, was sie selbst getan hat . . .

Band 56 002
Wer immer lügt, gewöhnt sich dran
Enid hat Schwierigkeiten, sehr große sogar. Ronnie, ihr Freund, hat mit ihr Schluß gemacht. Auch wenn Enid es nicht glauben will, so kann eigentlich nur Elizabeth diejenige gewesen sein, die Ronnie das schreckliche Geheimnis verraten hat. Oder ob da wieder Jessie ihre Finger im Spiel hat?

Band 56 003
Jessie und das Ekel
Endlich hat Jessica es geschafft: Sie ist mit Bruce, ihrem Traumtyp, befreundet. Aber um welchen Preis! Fast sehnt man sich nach der alten widerspenstigen, herrschsüchtigen Jessica zurück, denn nun tanzt sie immer brav nach Bruce' Pfeife!

Sweet LOVE

Band 56 004
Kein Club für nette Leute
Wer außer Jessica möchte schon zu einem Club gehören, dessen Mitglieder alle arrogante, oberflächliche Mädchen sind? Deshalb kann Elizabeth auch nicht verstehen, daß Sandra unbedingt dazugehören will. Jessica allerdings wird fuchsteufelswild, als Sandra ihr von ihrem Wunsch erzählt . . .

Band 56 005
Wenn du nicht meine Schwester wärst
Jessica will einfach nicht begreifen, daß man nicht mit dem Feuer spielen kann, ohne sich dabei zu verbrennen. Doch diesmal gerät sie wirklich in eine brenzlige Situation, als sie unbedingt mit Scott, ihrer neuesten Eroberung, zu einer Strandfete gehen will. Denn am nächsten Morgen ist Jessie nicht zu Hause . . .

Band 56 006
Nur einmal so wie Jessie sein
Manchmal ist das Schicksal wirklich ungerecht! Einmal in ihrem Leben läßt sich die sonst so besonnene Elizabeth zu einer Verrücktheit hinreißen – und muß bitter dafür bezahlen!

BASTEI LÜBBE

Fragt nach den Bänden aus der Reihe »Sweet Love – Romane um die erste Liebe« bei Eurem Buch- oder Zeitschriftenhändler! Jeder Band kostet DM 4,80

»Es ist einfach idiotisch, sich vorzustellen, daß sie was mit Ken hat«, fuhr Elizabeth fort. »Das gibt doch überhaupt keinen Sinn. Warum sollte ausgerechnet eine so tolle Frau wie Ms. Dalton sich für so ein Jüngelchen interessieren?«

»Na, hör mal, Ken ist bestimmt kein Jüngelchen mehr!« antwortete Caroline und warf ihr rotes Haar heftig nach hinten, so als wollte sie damit ihre Meinung nur noch bekräftigen.

Nur Cara war ein noch größeres Klatschmaul als sie – und sie war außerdem das einzige Mädchen, bei dem Jessica und Elizabeth sich vollkommen einig darüber waren, daß sie sie nicht besonders gern mochten. »Und es weiß doch jeder, daß sie ihm Nachhilfestunden gibt. Ich frag' mich nur, was das für eine Nachhilfe ist?«

»So ist das Leben nun mal! Und wissenschaftlich nachgewiesen ist es auch«, mischte sich jetzt Olivia Davidson ein, die zusammen mit Elizabeth an der Schulzeitung arbeitete. Sie war allgemein für ihre großzügige Einstellung allem und jedem gegenüber bekannt; das reichte vom Atomkrieg bis hin zum vegetarischen Essen. Zur Zeit war die Frauenbewegung eines ihrer Lieblingsthemen.

»Eine Frau hat ihre besten Jahre erreicht«, erklärte sie, »wenn sie ungefähr Mitte Dreißig ist. Männer sind in dem Alter praktisch schon vollkommen ausgebrannt und leer. Wenn ihr mal darüber nachdenkt und das so seht, dann gibt das Ganze schon einen Sinn! Aber ansonsten kann ich mir die beiden absolut nicht als Pärchen vorstellen!«

»Was gibt einen Sinn?« Das war Lois Waller.

»Daß eine ältere Frau sich von einem jüngeren Mann angezogen fühlt!« klärte Caroline sie sofort auf.

»Na, ja, das kann schon alles sein«, meinte Elizabeth nachdenklich. »Und trotzdem glaube ich immer noch nicht, daß das in diesem Fall zutreffen könnte. Ms. Dalton ist schließlich unsere Lehrerin. Sie würde doch nie etwas tun, was gegen diese Rolle verstößt, selbst wenn sie sich ganz im Geheimen danach sehnen würde!«

»Mein Gott, Liz, bist du naiv!« Caroline seufzte. »Aber das ist ja auch gerade das Irre daran. Dadurch wird es ja erst so abscheulich und ekelhaft!«

»Irgend jemand, der im Französisch-Grundkurs bei Ms. Dalton ist, hat mir erzählt, daß sie total daneben liegt. Die hatten die ganze Zeit Angst, daß sie gleich losheulen oder sonst was Verrücktes machen würde.«

»Vielleicht ist ja auch irgend jemand aus ihrer Familie gestorben«, vermutete Lois. Sie war ein Mädchen mit immer verstrubbelten Haaren und einer viel zu großen Brille, die ihr beim Reden dauernd auf die Nase rutschte.

»Vielleicht soll aber auch jemand gefeuert werden«, überlegte Caroline laut. »Mein Vater spielt oft mit dem alten Chrome Dome Golf, und einmal hat er mir erzählt, daß der Alte genauso engstirnig wie dieser Prediger, der Billy Graham, ist, wenn es um so Sachen geht wie die Moral seiner Lehrer!«

»Also ich denke ganz genau wie Liz«, meinte Olivia. »Ms. Dalton ist einfach nicht der Typ für so eine Sache!«

Guy Chesney, der die Keyboards bei den Droids spielte, kam angerannt und blieb dann bei den Mädchen stehen. Er wedelte mit einem uralt aussehenden Heft vor ihnen herum, und der Bleistiftstummel, den er in der anderen Hand hielt, sah auch schon so aus, als hätten Generationen von Mäusen daran herumgenagt. In Guys braunen Augen spiegelten sich Bosheit und Schadenfreude.

»Ich nehme noch Wetten an, Leute«, rief er. »Bis jetzt steht es eins zu drei für Ms. Dalton. Tja, so ist es eben immer: Die Leute glauben viel lieber nur das Schlechteste von den anderen. Und ich lebe eben von solchen Gerüchten!«

»Hat eigentlich schon einmal jemand gefragt, was Ms. Dalton zu der ganzen Sache zu sagen hat?« meinte Elizabeth plötzlich.

»Und warum, bitte sehr, sollte sie ausgerechnet uns etwas erzählen wollen?« antwortete Caroline, die diesen Gedanken wirklich unmöglich fand. »Sie ist bestimmt nicht besonders wild darauf, das als dicke Schlagzeile auf dem Titelblatt vom ›Oracle‹ zu lesen, oder?«

Guy lachte.

»Hört mal, die Idee ist einfach super! Wetten, daß wir dann sogar eine höhere Auflage als der Playboy haben? Dann könnte man vielleicht noch ein Riesenbild von Ms. Dalton als ›Playmate des Monats‹ zum Aufklappen ins Heft legen! Mann, das wäre eine irre Sache!«

Die vier Mädchen durchbohrten ihn geradezu mit ihren Blicken.

»Ist ja schon gut!« Sofort gab er klein bei. »Sollte ein Scherz sein. Ich meinte doch nur, wenn eine Frau eine so tolle Figur wie Ms. Dalton hat ...« Mitten im Satz hörte er auf zu reden, als er merkte, daß er alles nur noch schlimmer machte.

Genau in diesem Augenblick kam endlich Ms. Dalton. Damit wurde auch der Diskussion ein Ende gesetzt.

Ms. Dalton begrüßte ihre Schüler, während sie das Klassenzimmer aufschloß.

Sie wirkte zurückhaltender als sonst. Und sie trug eine dunkle Sonnenbrille, so daß man ihre Augen nicht erkennen konnte. Elizabeth hatte sie noch nie zuvor mit Sonnenbrille gesehen. Eigenartig! Sie fühlte sich unbehaglich, und ein Schauer lief ihr über den Rücken. Angenommen, nur mal angenommen, es wäre doch wahr ...

Ms. Dalton erstarrte, als sie ins Klassenzimmer trat. In großen Blockbuchstaben hatte irgend jemand an die Tafel geschrieben:

Wenn du keine Ahnung hast, was ein französischer Kuß ist, dann frag doch einfach mal Ken Matthews!

Elizabeth sog den Atem scharf ein, als sie diese gemeinen Worte las. Ihr war richtig übel geworden.

Aber ihre Reaktion war noch harmlos gegen die von Ms. Dalton. Die Lehrerin wirkte wie vom Blitz getroffen. Sie taumelte einen Schritt zurück, als hätte man sie geschlagen. Dann brach sie in Tränen aus und rannte aus der Klasse.

Elizabeth regte sich immer noch über diesen Vorfall auf, als sie Enid nach der dritten Stunde traf. Dennoch war sie fest entschlossen, dieses lächerliche Nicht-Miteinander-Reden auf der Stelle zu beenden.

»Enid, es hat keinen Zweck, wenn du mir dauernd aus dem Weg gehen willst«, sagte Elizabeth, und baute sich vor ihrer Freundin auf, als diese an ihr vorbeigehen wollte, als würde sie sie nicht kennen. »Enid, wir beide werden jetzt miteinander reden!«

»Ich wüßte nicht, was wir uns noch zu sagen hätten, Elizabeth Wakefield«, erwiderte Enid mehr als frostig.

»Enid, du bist und bleibst meine beste Freundin. Ich würde dich nie, hörst du, nie betrügen. Das mußt du mir einfach glauben. Ich schwöre bei allem, was mir heilig ist, daß ich keinem Menschen auch nur ein Sterbenswörtchen von den Briefen verraten habe.«

»Dann willst du mir bestimmt als nächstes weismachen, daß jemand Wanzen in deinem Zimmer angebracht hat!«

»Sei doch nicht albern!« Jetzt wurde Elizabeth doch ein bißchen ärgerlich. »Warum kannst du mir nicht einfach vertrauen?«

»Ich habe dir vertraut, erinnerst du dich noch? Und was hat mir das gebracht? Dir verdanke ich, daß mein Leben jetzt völlig ruiniert ist!«

»Vielleicht ... wenn ich mal selbst mit Ronnie sprechen würde ...«, fing Elizabeth an, während sie verzweifelt versuchte, irgendeine vernünftige Lösung für diese verfahrene Situation zu finden.

Enid blieb nicht länger kühl, sondern schrie Elizabeth jetzt wütend an. »Hast du denn noch nicht genug geredet? Kannst du deine große Klappe zur Abwechslung nicht einfach mal geschlossen halten?«

Elizabeth zuckte zurück und fühlte selbst, wie ihr die Farbe aus dem Gesicht wich. Mit einem erstickten Schrei drehte sich Enid auf dem Absatz um und rannte wie von Furien gehetzt davon. Sie hielt den Kopf tief gesenkt, damit niemand die Tränen sah, die sie jetzt nicht mehr länger zurückhalten konnte.

»Hallo, Liz!« rief Cara ihr fröhlich vom Brunnen her zu. Sie beglückwünschte sich im stillen, daß der Zufall ihr die Chance geboten hatte, Augen- und Ohrenzeuge bei dem Streit zwischen Elizabeth und Enid zu sein.

Bis zur Mittagspause hatte es in der ganzen Schule die Runde gemacht, daß Elizabeth irgend etwas damit zu tun haben mußte, daß Enid und Ronnie Schluß gemacht hatten.

Zwei so aufregende Themen wie Ms. Dalton und Enid schienen für alle Klatschbasen an der Sweet Valley High geradezu ein Geschenk des Himmels zu sein!

»Komm schon, du brauchst dir doch keine Vorwürfe zu machen«, versuchte Jessica ihre Schwester zu trösten, als sie sich zusammen zum Mittagessen auf die Wiese setzten. »Du hast schließlich getan, was du konntest. Wenn Enid so stur bleiben will – das ist ihre Sache. An dir liegt es ganz bestimmt nicht!«

»Ich wünschte mir nur, daß ich mir nicht so entsetzlich hilflos vorkommen würde!« sagte Elizabeth traurig. Lustlos knabberte sie an einem Sandwich herum, denn der Appetit war ihr gründlich vergangen.

»Vielleicht sollte ich mal mit Enid reden«, schlug Jessica heuchlerisch vor.

»Du? Du kannst sie doch nicht leiden! Warum solltest also ausgerechnet du mit ihr sprechen wollen?«

Jessica tat so, als hätte Elizabeth ihr eben bitter Unrecht getan.

»O Gott! Entschuldige bitte, daß ich überhaupt atme! Ich hab' doch nur versucht, dir zu helfen. Deshalb brauchst du mir nicht gleich den Kopf abzureißen! Ich kann ganz einfach nicht mit ansehen, wenn du so mit den Nerven fertig bist, Lizzie. Und außerdem tut mir auch Enid leid, aber nur ein bißchen. Es ist wirklich unmöglich, wie Ronnie sie behandelt!«

»Und du willst tatsächlich mit Enid sprechen?« Elizabeths anfängliche Zweifel begannen dahinzuschmelzen, als Jessica so mitfühlend und wirklich selbstlos zu sein schien.

»Natürlich würde ich das, wenn du es möchtest!«

»Na, ja, viel mehr Schaden wird das auch nicht mehr anrichten können. Es ist doch sowieso alles so durcheinander, daß es gar nicht mehr schlimmer werden kann.«

Noch nicht mal du könntest das schaffen, Jessie, fügte Liz in Gedanken hinzu.

»Ich bin einfach überwältigt, was für eine gute Meinung du von mir hast!«

»Du weißt ganz genau, daß ich das nicht böse

gemeint habe, Jessica«, entschuldigte sich Elizabeth. Auf einmal schämte sie sich, daß sie schon ganz automatisch von ihrer Schwester immer erst einmal das Schlimmste annahm. Ganz ausgeschlossen war es doch wirklich nicht, daß Jessica ihre Haltung Enid gegenüber änderte.

Jessica umarmte ihre Schwester überschwenglich und verstreute dabei gleich die Pommes frites über den Rasen.

»Also gut, ich verzeih' dir noch einmal! Aber das mache ich doch sowieso immer, oder? Verlaß dich nur auf mich, Lizzie. Ich verspreche dir, daß ich dich nicht im Stich lasse!«

»Und wenn, dann würde das jetzt auch nichts mehr ausmachen. Noch elender kann ich mich eigentlich gar nicht fühlen«, antwortete Elizabeth unglücklich.

»Ach, sei doch nicht so ein Pessimist! Du kennst doch das alte Sprichtwort: ›Wenn es dir schlecht geht und du am Boden liegst, dann kann es nur noch aufwärts gehen!‹« Jessica lächelte und biß dann hungrig in ihr Thunfisch-Sandwich.

Elizabeth hoffte, daß ihre Schwester recht hatte, aber ihre Zweifel blieben. Jessica hatte ein ausgesprochenes Talent dafür, diese alten Sprichwörter in ihr genaues Gegenteil zu verkehren.

Liz hatte schon den Mund geöffnet, um noch etwas zu sagen, aber sie kam nicht mehr dazu. Jessica hatte Enid in der Nähe des Parkplatzes entdeckt und war wie der Blitz davongeschossen.

8

Eigentlich hätte jeder merken müssen, daß Enid nicht in der richtigen Stimmung war, um sich zu unterhalten. Aber solche Kleinigkeiten konnten Jessica nicht von einem einmal gefaßten Entschluß abbringen.

Sie verdoppelte ihr Tempo und vereitelte damit Enids Versuch, Jessica zu entkommen.

»Wirklich, Enid, ich weiß, wie du dich jetzt fühlst!« sagte sie scheinbar voller Mitleid. »Ich selbst bin zwar noch nie von einem Jungen sitzengelassen worden, aber ich kann mir ziemlich gut vorstellen, wie scheußlich das sein muß. Du mußt dich wirklich schrecklich fühlen!«

Enid sah Jessica unfreundlich an.

»Ich wette, Liz hat dir alles bis in die kleinste Einzelheit erzählt! Warum gibt sie nicht gleich eine Annonce in der ›Sweet Valley News‹ auf?«

»Ach, Enid, sei doch nicht so nachtragend! Warum sollte Liz mir denn nichts davon erzählen? Immerhin bin ich ihre Schwester! Ich stehe ihr doch näher als sonst irgendein Mensch auf der ganzen Welt!«

»Das merkt man!«

»Du solltest nicht so streng mit ihr sein«, fuhr Jessica fort. »Ich bin ganz sicher, daß sie dich nicht verletzen wollte! Du weißt doch selbst, wie das ist!«

Enid blieb stehen und schaute sie an.

»Nein – ich weiß nicht, wie das ist!« antwortete sie abweisend. »Anders als bei manchen anderen Leuten ist es nämlich absolut nicht meine Art, jemandem in den Rücken zu fallen!«

»Meine Güte, du tust ja gerade so, als ob Elizabeth das alles absichtlich getan hätte! Sie hat Ronnie bestimmt nichts davon erzählen wollen. Wahrscheinlich ist ihr das nur so rausgerutscht!«

»Ach nein! Nur so rausgerutscht, was? Hat sie dir das weisgemacht?« Enids Augen wurden ganz schmal vor lauter Wut.

»Ja, nein, nicht genau, aber ich ...«

»Ach, hör doch auf!« fuhr Enid sie an. »Hör endlich damit auf, Liz zu verteidigen! Es gibt einfach keine Entschuldigung für das, was sie getan hat!«

»Wenn du nur wüßtest, wie sehr sie das alles mitgenommen hat. Ehrlich!«

»Und was ist mit mir? Erinnerst du dich vielleicht? Ich hab' meinen Freund verloren, nicht sie! Erzähl mir jetzt bloß nichts von ›Mitgenommen-Sein‹ und so! Liz weiß wahrscheinlich nicht einmal, was das Wort überhaupt bedeutet. Sie ist doch immer noch mit Ted zusammen, nicht wahr, und ich ... ich hab' nichts mehr!« Enid brachte die letzten Worte kaum noch heraus.

»Das stimmt doch gar nicht, Enid! Du hast ja schließlich noch diesen George!«

»Gott sei Dank! Den hab' ich immer noch! Wir stehen doch beide bei euch allen auf der Abschußliste – da muß man eben zusammenhalten!«

»So würde ich das nun auch wieder nicht nennen!

Ihr seid doch nicht auf der Abschußliste!« meinte Jessica großzügig. »Klar, du hast den einen oder anderen Fehler gemacht. Aber mach dir da mal nicht so viele Gedanken. Die Leute glauben bestimmt nicht alles, was Ronnie jetzt über dich erzählt!«

Enid schien vor Jessicas Augen in sich zusammenzusinken. Ganz langsam und schwerfällig setzte sie sich auf eine Bank.

»Was erzählt Ronnie denn über mich?« fragte sie kaum hörbar.

Jessica setzte sich neben sie und legte ihr tröstend den Arm um die Schultern.

»Glaub mir, es ist besser, wenn du es gar nicht erst erfährst! Ich würde dir noch nicht einmal die Hälfte von dem erzählen wollen, was er überall verbreitet.«

»Oh!« Enid vergrub ihr Gesicht in den Händen. »Am liebsten würde ich sterben!«

»So schlimm kann es doch gar nicht sein!« versuchte Jessica sie zu beruhigen. »Sieh mal, die ganze Sache hat doch auch ihre gute Seite. Jetzt brauchst du vor niemandem mehr etwas zu verbergen. Jetzt brauchst du dich nicht mehr zu fragen, was die Leute hinter deinem Rücken tuscheln.«

»O ja, weil ich nämlich ganz genau weiß, was alle über mich reden! Danke, Jessica«, meinte Enid und stand auf. Sie fühlte sich so elend wie nie zuvor. »Ich weiß, daß du nur helfen wolltest, aber du kannst Liz ausrichten, sie soll mich einfach vergessen. Und wenn ich hundertneunundneunzig Jahre alt werden sollte – das werde ich ihr mit tödlicher Sicherheit nie verzeihen!«

»Ich finde, du machst einen großen Fehler, Enid«, erwiderte Jessica leichthin.

Enids Mund verzog sich zu einem bitteren Lächeln. »Weißt du, auf einen Fehler mehr oder weniger kommt's jetzt auch nicht mehr an!«

Dieses Mal machte Jessica gar nicht erst den Versuch, Enid aufzuhalten, als sie davonrannte.

Na, Gott sei Dank, dachte sie zufrieden, jetzt ist Elizabeth diese dämliche Enid wenigstens endgültig los! Jetzt kann sie keinen Ärger mehr mit dieser »Freundin« bekommen – und den hätte sie garantiert gekriegt, wenn sie noch länger mit Enid befreundet gewesen wäre! Auf lange Sicht, so sagte Jessica sich, um ihr Gewissen zu beruhigen, hatte sie höchstwahrscheinlich allen noch einen Gefallen getan.

Einschließlich sich selbst!

Und warum auch nicht? Verdiente sie, Jessica, etwa nicht, genauso glücklich zu sein wie alle anderen auch?

Jessica lächelte. Enid war nicht mehr mit Ronnie zusammen, also würde sie wohl kaum genügend Stimmen bei der Wahl erhalten. Das hieß wieder, daß sie selbst die besten Chancen hatte, zur Königin gewählt zu werden. Enid war endgültig aus dem Rennen.

Für Jessica schien dieser Wunsch schon fast Wirklichkeit zu sein, sie meinte, das süße Gewicht der Krone bereits auf ihrem Kopf zu fühlen.

»Paß bloß auf, Bruce Patman«, sagte sie leise. »Ich komme!«

»Kannst du mir einen einzigen vernünftigen Grund nennen, warum Ronnie Edwards dich anruft?« fragte Elizabeth ihre Schwester, nachdem Jessica ihr Telefongespräch beendet hatte.

Elizabeth hatte ihre Arbeit unterbrochen. Sie hatte sich gerade mit Shakespeares »Julius Caesar« beschäftigt.

»Oh, vergib mir, du blutendes Herz ... Enid«, hatte sie völlig in Gedanken geschrieben und diesen Satz ganz unbewußt abgewandelt. Als sie ihren Fehler bemerkte, strich sie »Enid« schnell durch und ersetzte es durch »Erde«.

»Ach, weißt du, ich kann's dir auch genausogut jetzt schon sagen«, meinte Jessica und ließ sich auf Elizabeths Bett fallen. »Ich werde mit Ronnie zum Herbstball gehen!«

»Wie bitte?« Elizabeth fiel der Kugelschreiber aus der Hand.

»Es war gar nicht so leicht, ihn dazu zu überreden. Er fand die Idee nicht so besonders gut. Aber ich habe dann doch noch meinen Willen durchgesetzt!«

»Jessica! Wovon um Himmels willen redest du da? Wie kannst du überhaupt nur auf die Idee kommen, so was zu tun? Das bringt Enid um!«

Jessica sah ihre Schwester mißmutig an.

»Du bist vielleicht begriffsstutzig! Ich mach' das doch nur für Enid! Mir war so richtig mies zumute, nachdem ich heute nachmittag mit ihr geredet habe. Deshalb wollte ich dann noch mal mit Ronnie sprechen!«

»Und? Was hat er gesagt?«

»Er war natürlich noch immer sauer. Ich hatte mir aber auch schon gedacht, daß es nicht so einfach sein würde, die zwei wieder zusammenzubringen.«

»Aber trotzdem hast du dich dazu entschlossen?«

»Was hätte ich denn sonst tun sollen? Ich hab' ihm haarklein erzählt, wie leid das Enid alles tut, aber meinst du, ich hätte ihn überreden können, den ersten Schritt zu machen?«

»Meine Güte! Er ist doch wohl derjenige, dem alles leid tun sollte«, schimpfte Elizabeth.

»Na, und dann hab' ich mir eben gedacht, die einzige Möglichkeit, die beiden wieder zusammenzubringen, besteht darin, daß sie sich auf dem Ball sehen. Wenn wir es irgendwie schaffen könnten, daß sie nur ein einziges Mal zusammen tanzen, dann kommt bestimmt wieder alles in Ordnung!«

»Wahre Liebe kennt keine Hindernisse und so!« Elizabeth war gar nicht überzeugt davon. Und es machte sie mißtrauisch, daß Jessica sich auf einmal so menschenfreundlich zeigte. Sie hatte doch absolut keinen Anlaß dazu, Enid zu helfen, im Gegenteil. Aber Liz fragte nicht weiter nach.

»Weißt du, Jessie, ich kann mir eigentlich nicht vorstellen, daß deine Idee so gut ist. Vielleicht sollten wir die zwei in Ruhe ihre Probleme selbst regeln lassen. Und ich glaube auch nicht, daß Enid auf den Ball geht, nachdem alles mit Ronnie in die Brüche gegangen ist.«

»An dem Punkt mußt du einspringen: Laß dir was einfallen, daß sie doch hingeht. Stell dir mal vor, wie peinlich das wäre, wenn irgend jemand glaubt, ich,

Jessica Wakefield, hätte mich aus egoistischen Motiven mit Ronnie verabredet.« Sie sah richtiggehend angewidert aus.

Liz ließ sich tatsächlich von der Ernsthaftigkeit, mit der ihre Schwester das sagte, überzeugen.

»Tut mir leid, Jessie!« entschuldigte sie sich. »Ich sollte doch wirklich wissen, daß du nur helfen willst!«

»Ich mach' das alles doch nur für dich, Lizzie!« rief Jessica laut. Sie nahm Elizabeths Hand in ihre.

»Und wie komme ich zu dieser Ehre?«

»Ich hab' mir halt gedacht, wenn Enid und Ronnie wieder zusammenkommen, dann sind sie auch nicht mehr so sauer auf dich!«

»Aha, die Nebel lichten sich!«

»Du brauchst dich gar nicht über mich lustig zu machen! Auch wenn ich weiß, daß es dich unheimlich ärgert, daß Enid mit mir gesprochen hat und nicht mit dir!«

»Sie hat mich heute beim Turnen nur einmal angesehen, und da ist sie schon wieder in Tränen ausgebrochen«, erzählte Elizabeth traurig. »Ich bin mir wirklich wie ein Mörder mit dem Hackebeil in der Hand vorgekommen. Jessie, was hast du eigentlich zu ihr gesagt?«

»Eigentlich nicht besonders viel. Die meiste Zeit hat Enid geredet. Sie hat ein paar ganz abscheuliche Sachen von dir behauptet, Liz!«

»Wirklich?« Elizabeth sank das Herz.

»Ja. Ich habe gedacht, ich höre nicht richtig. Die ist vielleicht über dich hergezogen! Du wolltest mir ja nie glauben, daß sie schon immer auf dich eifersüchtig war, Lizzie! Wahrscheinlich hat sie die ganze Zeit nur auf eine passende Gelegenheit gewartet, um dich schlecht zu machen!«

»Gut, ich gebe zu, daß sie sich unheimlich über mich geärgert hat, aber ich weiß nicht, das hört sich eigentlich gar nicht nach Enid an!«

»Du hast mich doch gefragt, oder?«

»Das hätte ich wohl besser nicht getan!«

Ungnädig schüttelte Jessica den Kopf. »Dann war das aber auch das allerletzte Mal, daß ich versucht habe, dir einen Gefallen zu tun. Du bist undankbar!«

Dann sprang sie wütend auf. Doch ihre Wut war innerhalb von dreißig Sekunden wieder verraucht – so lange brauchte sie nämlich, bis sie Elizabeths Kleiderschrank einmal flüchtig durchgemustert hatte.

»Ich überleg's mir, ob ich dir noch mal verzeihen soll, aber nur, wenn du mir deine bestickte Tasche für den Ball leihst«, schlug sie dann vor.

»Keine Chance! Ich will sie selbst nehmen.«

»Liz, du ziehst doch ein grünes Kleid an. Zu meinem Kleid würde die Tasche viel besser passen! Du kannst dir dafür doch Moms goldenes Täschchen ausleihen, oder? Ich glaube nicht, daß sie deswegen Theater machen wird. Jessica sah ihre Schwester beschwörend an. »Und denk doch auch mal daran, was für große Opfer ich bringen muß, damit bei euch anderen wieder alles in Ordnung kommt! Dann ist es wirklich das mindeste, was du tun kannst, daß du das auch zu würdigen weißt!«

Elizabeth seufzte.

»Okay, das goldene Täschchen paßt wohl wirklich besser zu grün«, gab sie dann zu.

Jessica hauchte ihrer Schwester einen Kuß auf die Wange und rannte freudestrahlend aus dem Zimmer.

»Ich will schnell mal Cara anrufen. Ich muß doch fragen, was sie anziehen wird!«

Elizabeth blieb allein in ihrem Zimmer zurück und fragte sich verwundert, warum ausgerechnet sie immer die Opfer bringen mußte, wenn es doch angeblich Jessica war, die allen anderen zu helfen versuchte.

9

Am nächsten Tag war Elizabeth so niedergeschlagen, daß sie es nicht mehr aushielt und Mr. Collins ins Vertrauen zog. Abgesehen davon, daß er der Vertrauenslehrer für die Schulzeitung war, konnten die Schüler, mit denen er zusammenarbeitete, jederzeit mit all ihren Problemen und Sorgen zu ihm kommen.

Elizabeth dachte daran, wie diese Männer immer aussahen, die in den Zeitschriften ihre guten Ratschläge erteilten, und unwillkürlich lächelte sie. Mr. Collins wirkte ganz anders: Er erinnerte sie immer an Robert Redford, war aber größer. Er hatte schöne blaue Augen, blondes Haar und eine gute Figur. Manchmal fand sie es sogar richtig schwierig, sich ganz auf ein Gespräch mit ihm zu konzentrieren – nur weil er so gut aussah.

»Das ist wirklich eine seltsame Geschichte, Liz – fast schon eine geheimnisvolle!« meinte er. »Ich glaube, zuallererst mußt du dir überlegen, wer ein Interesse daran haben könnte, Ronnie von den Briefen zu erzählen.«

»Das Motiv muß ich also kennen.« Elizabeth dachte laut nach. »Das Dumme ist nur, daß außer mir kein Mensch etwas von den Briefen wissen konnte!« wandte sie sich dann wieder an ihren Lehrer.

»Das glaubt zumindest Enid. Aber es muß einfach

noch jemand von diesen Briefen gewußt haben. Was ist denn mit dem Jungen, mit dem sie sich schreibt? Hat er vielleicht hier an der Schule Freunde?«

Elizabeth überlegte.

»Er könnte Winston Egbert davon erzählt haben.« Sie wußte ja, daß die beiden schon seit ihrer Kindheit Freunde waren, obwohl Winston nie etwas mit Alkohol oder Drogen zu tun gehabt hatte.

»Gut, das ist eine Möglichkeit«, fuhr Elizabeth fort. »Aber selbst wenn Winston Bescheid gewußt hat – warum sollte ausgerechnet er Ronnie alles verraten?«

Mr. Collins sah seine Schülerin mitleidig an.

»Ich glaube ja auch nicht, daß er das Geheimnis aus reiner Bosheit ausgeplappert haben könnte. Aber manchmal verraten Leute einfach Geheimnisse, weil sie damit die Aufmerksamkeit auf sich ziehen wollen.«

Winston ist doch manchmal ein arges Quatschmaul, räumte Elizabeth ein. Aber es entsprach so gar nicht seiner Art, irgend etwas Vertrauliches jemandem wie Ronnie, mit dem er noch nicht einmal befreundet war, weiterzuerzählen. Sie kannten sich kaum. Allerdings war das mit Winston bis jetzt noch die Möglichkeit, die am wahrscheinlichsten war.

»Ich fürchte, ich werde ihn einfach mal fragen müssen.« Elizabeth seufzte.

»Das nennt man kühle Überlegung!« Mr. Collins zwinkerte Elizabeth zu. Fast hätte er ihr wirklich das Gefühl vermittelt, daß das Ganze ihr eigener Einfall gewesen war. »Ich bin sicher, Liz, daß du alles wieder in Ordnung bringen kannst. Enid ist so verletzt, daß sie jetzt überempfindlich geworden ist. Und wenn Menschen verletzt sind, dann brauchen sie immer jemanden, an dem sie ihre Wut und ihre Verzweiflung auslassen können. Und nicht selten ist das dann jemand, den sie eigentlich lieben!«

»Warum ist das nur so?«

»Weil die Menschen, die wir lieben und die uns lieben, hinterher, wenn der Sturm sich wieder gelegt hat, uns am leichtesten verzeihen können!«

Elizabeth blickte ihn nachdenklich an und lächelte dann zögernd.

»Wieso kennen Sie sich eigentlich so gut mit den Menschen aus, Mr. Collins?«

Er zuckte mit den Schultern.

»Vergiß nicht, ich bin schon ein paar Jährchen länger als du hier auf der schönen Erde!«

»Ja, Opa!« Elizabeth lachte ihn an.

»Na!« Er drohte ihr scherzhaft mit dem Finger. »So viele sind's nun auch wieder nicht!« Dann lachte auch er. »Ich hab' noch ein schönes Stück Weg vor mir, bevor man mich in die ewigen Jagdgründe schickt. Und ganz abgesehen davon, wie würdet ihr jungen Spunde euch denn zurechtfinden können, wenn ich nicht immer die Peitsche über euch schwingen würde?«

»Ich bin dafür, daß wir unsere Zeitung in ›National Enquirer‹ umtaufen!« Olivia schleppte schwer an der ganzen Post, die sie aus dem Briefkasten vor dem Redaktionsbüro herausgeholt hatte. »Ehrlich, ihr solltet euch mal selbst ansehen, wieviel Mist immer dabei ist!«

Mr. Collins Miene wurde immer finsterer, während er einige der Briefe, die Olivia auf den Tisch geworfen hatte, überflog.

»So etwas«, sagte er und zeigte auf den Brief, den er gerade gelesen hatte, »nenne ich boshafte Verleumdung und dummes Geschwätz. Und zwar von der übelsten Art, weil es völlig unbegründet ist.« Er seufzte.

»Ich habe heute morgen erst mit Ms. Dalton über dieses Getratsche geredet«, fuhr er dann fort, »und ihr könnt mir glauben, es macht sie richtig fertig. Sie ist völlig mit den Nerven am Ende. Sie hat dermaßen elend ausgesehen, daß ich ihr geraten habe, nach Hause zu fahren!«

»Ich hab' gehört, daß sie sogar obszöne Anrufe zu Hause bekommen hat«, erzählte Olivia. »Himmel, ich weiß wirklich nicht, wie ich an ihrer Stelle reagieren würde. Wie hält sie das nur alles aus?«

»Die beste Möglichkeit ist, dem ganzen Unsinn nicht mehr Wert beizumessen, als er verdient. Das ist das einzig Vernünftige, was man mit solchen Briefen machen kann.« Noch während er das sagte warf Mr. Collins die ganzen Briefe einfach in den Abfalleimer.

Schon seit langem hatten alle vermutet, daß Mr. Collins ein ganz besonderes Interesse an der hübschen Ms. Dalton hatte. Das war ein Grund mehr für ihn, daß er sich über den boshaften Klatsch so aufregte.

Immerhin, dachte Elizabeth, hier haben wir wenigstens einen Menschen, der ihr vertraut!

»Ich frage mich, wie Kenny damit fertig wird.« Elizabeth hatte ihren Gedanken laut ausgesprochen.

»Das weiß wohl niemand«, antwortete Olivia. »Die letzten paar Tage ist er nicht mehr in die Schule gekommen. Es gibt so ein kleines Gerücht, daß er …«

»Jetzt reicht's aber, verdammt noch mal!« Es kam selten vor, daß Mr. Collins richtig wütend wurde, aber das war einer dieser Augenblicke. »Habt ihr zwei eigentlich nichts Besseres zu tun, als kräftig bei diesem Getratsche mitzumischen?«

Elizabeth wurde rot. Mr. Collins hatte ja recht – die beste Art und Weise, mit Klatsch fertig zu werden, war, ihn einfach zu ignorieren.

Allerdings war das leichter gesagt als getan, vor allem, wenn man selbst das Opfer war. Elizabeths Gedanken wanderten wieder zu Ms. Dalton und zu Enid. Aus eigener Erfahrung wußte sie nämlich nur allzu gut, was für ein furchtbares Gefühl das war, wenn man in einen Raum kam und die Leute sofort aufhörten, sich zu unterhalten. Oder wenn sie einen anstarrten, als wäre man ein Monster mit zwei Köpfen und vier Armen.

Genauso hatte man sich ihr gegenüber verhalten, als Jessica eines Tages in einer ziemlich verrufenen Bar von der Polizei aufgegriffen worden war. Ihre liebe Schwester hatte dem Polizisten weisgemacht, daß sie der andere Zwilling, also Elizabeth, wäre.

Am nächsten Tag hatten alle schon Bescheid gewußt und tuschelten hinter vorgehaltener Hand über Elizabeth. Liz würde niemals vergessen, wie entsetzlich die folgenden Tage für sie gewesen waren.

Elizabeth wandte sich wieder ihrem Artikel für die

»Eyes and Ears«-Kolumne zu. Es gab eine Menge Nachrichten, die den Herbstball betrafen, und auch eine Geschichte über Egbert Winston, wie er während der Fahrstunde von der falschen Seite her in eine Einbahnstraße gefahren war.

Als sie an Winston dachte, fiel ihr auf einmal wieder die letzte Zeile in einem der Briefe von George ein: *»P.S. Und grüß bitte meinen alten Kumpel Winston von mir!«*

War Winston wirklich so ein guter Kumpel? Elizabeth entschloß sich, der Sache auf den Grund zu gehen.

»Natürlich, Liz. Ich wußte, daß George und Enid sich schreiben.« Winston saß neben Elizabeth auf den Zuschauerbänken und hatte sich nach vorne gebeugt, damit er das Trainingsspiel besser beobachten konnte.

»Aber ich hab' doch nie im Leben geglaubt, daß da mehr dahinterstecken würde! Ich dachte immer, er und Enid ...«

»Schon gut, ich glaube, ich weiß, was du sagen willst. Du meinst, er und Enid waren einfach nur Freunde, sonst nichts, stimmt's? Und daß Enid nur versucht hat, George zu helfen!«

»Ja, genau das!« Winston entspannte sich etwas. Obwohl er immer so herumalberte und den Clown spielte, war er eher schüchtern und manchmal auch gehemmt.

Elizabeth holte tief Luft.

»Winston, hast du vielleicht mal durch einen dummen Zufall oder so, Ronnie Edwards gegenüber die Briefe von George erwähnt?«

Winston blickte sie völlig überrascht an.

»Ich? Warum denn? Ich kenne Ronnie doch so gut wie gar nicht. Und außerdem, warum sollte ihn das denn überhaupt interessieren?«

Dann wandte er seine Aufmerksamkeit wieder dem Spiel zu. »Mensch, achte doch auf den langen Paß! Da ist 'ne Lücke, Wilkins!« brüllte er Ted an, der ihn einfach nur angrinste und Elizabeth einen Kuß zuwarf. Selbst so verschwitzt und abgekämpft wie Ted jetzt aussah, fand Elizabeth ihn einfach super.

»Weißt du, das Problem ist nur«, erklärte sie Winston, »irgendwer muß Ronnie etwas über die Briefe erzählt haben. Enid glaubt felsenfest, daß ich diejenige war.«

»Mensch, Liz, das ist ja schrecklich!«

Sie seufzte. »Wem sagst du das?«

»Und was willst du jetzt machen?«

»Ich muß einfach rauskriegen, wer hinter der ganzen Sache steckt!«

»Du glaubst doch nicht wirklich, daß ich das getan habe, oder?«

»Daß du es mit Absicht getan haben könntest, kann ich mir auch nicht vorstellen, Winston. Aber wäre es denn nicht möglich, daß dir mal ganz zufällig etwas rausgerutscht ist?«

»Ach Quatsch! Ich hab' George doch versprochen, daß ich keiner Menschenseele was erzähle. Er hat sich nämlich gedacht, daß das Enid vielleicht nicht recht wäre. George ist nämlich trotz allem schwer in Ordnung. Er ist ganz anders geworden. Ich freue mich schon richtig darauf, ihn endlich wiederzusehen, wenn er jetzt kommt.«

»Das hört sich wirklich so an, als würde er sich echt Sorgen um Enid machen, was?«

»Und ob er das tut! Wozu sind Freunde denn sonst da? Für mich jedenfalls heißt Freundschaft auch, daß ich jemandem ein Geheimnis anvertrauen kann, ohne daß er es gleich allen Leuten weitererzählt. Ihr glaubt zwar alle, daß ich ein altes Quatschweib bin, aber ich weiß schon ganz genau, was wichtig ist und wann ich meine Klappe halten muß!«

Elizabeth sah Winston jetzt mit neuem Respekt an. Ihr wurde bewußt, daß sie gerade eine Seite an ihm kennengelernt hatte, die normalerweise nur sehr wenige Leute überhaupt zu sehen bekamen.

Schade, daß Jessica ihn nicht als den ernsthaften und vertrauenswürdigen Menschen erkannte, der er in Wirklichkeit war. Aber Jessie fand, daß er ganz einfach eine schreckliche Nervensäge und zu allem Überfluß auch noch rettungslos in sie verliebt war.

Nach Elizabeths Meinung war Winston tausendmal mehr wert als dieser Angeber Bruce Patman, an dem der schwarze Porsche bei weitem das Schönste war. Und Bruce protzte nicht nur mit dem Reichtum seiner Familie, sondern war auch noch ziemlich gehässig.

»Ich glaube dir, Winston«, sagte Elizabeth und beugte sich dabei zu ihm, um ihm einen Kuß auf die Wange zu geben.

»He, Egbert, paß gut auf!« rief Ted ihnen zu, aber er meinte es nicht böse. »Das ist mein Mädchen!«

Elizabeth konnte sich gegen einen Gedanken nicht wehren: Winston brauchte nur noch ein bißchen röter im Gesicht zu werden, dann könnte man einen weißen Strich vor ihm ziehen und ihn zur ersten lebenden Ampel der Welt machen!

10

Ted legte seine Hand vorsichtig über Elizabeths, als sie im »Dairi Burger« saßen. »Hör mal!« sagte er, »besonders glücklich siehst du nicht dafür aus, daß du heute abend mit dem tollsten Burschen von der Westküste auf den Herbstball gehst!«

Sie lächelte ihn an.

»Ich wußte ja noch gar nicht, daß Burt Reynolds mich gleich zum Ball abholen kommt!«

Ted lachte.

»So gefällst du mir schon wieder besser, Liz. Selbst, wenn du irgendein Problem hast, findest du immer noch etwas, worüber du lachen kannst!«

»Aber manchmal ist das schon ganz schön schwierig, wenn man nach außen hin tut, als wäre die Welt noch in Ordnung, aber eigentlich am liebsten heulen möchte!« Ihr Lächeln erstarb. »O Ted, was soll ich nur tun? Ich hab' schon alles mögliche versucht, aber Enid will einfach nicht mehr mit mir sprechen.«

Noch am Tag vorher war Liz direkt nach der Schule zu Enid nach Hause gegangen. Sie hatte gehofft, sie endlich einmal allein zu erwischen, so daß Enid nicht wieder vor ihr weglaufen konnte. Aber sie war noch nicht einmal ins Haus hineingekommen. Enids Mutter hatte sie an der Tür damit abgefertigt, daß ihre Tochter sich nicht wohlfühlte und keinen Besuch haben wollte.

Besuch? Seit wann war sie denn ein Besuch wie jeder andere? Am liebsten hätte Liz losgeheult, und sie war so in ihren Kummer vertieft, daß sie Enids kleinen Bruder, der eben die Auffahrt zum Haus mit dem Fahrrad hinaufkam, völlig übersehen und beinahe umgerannt hatte.

»Liz, du hast getan, was du konntest!« Ted versuchte sie zu trösten. »Wenn sie einfach nicht glauben will, daß du mit dem ganzen Mist nichts zu tun hast, dann kannst du kaum noch etwas dran ändern!«

»Irgendwas stimmt da nicht, Ted. Das ist doch gar nicht Enids Art. Klar, wir haben uns schon mal gestritten, aber sie ist mir nie lange böse gewesen. Wenn ich es nicht besser wüßte, dann würde ich schwören, daß irgend jemand ihr einen ganzen Pakken Lügen über mich aufgetischt hat! Aber wer könnte mir denn so etwas Gemeines antun wollen? Und warum?«

Ted konnte sich das auch nicht vorstellen. Gedankenverloren stocherte er im Essen herum.

»Wenn jemand wirklich dein Freund ist, Liz, dann wird er auch keine Lügen über dich glauben – jedenfalls nicht über längere Zeit hinweg. Wenn Enid sich wirklich noch etwas aus dir macht, dann kommt sie schon von selbst wieder zu dir!«

Elizabeth seufzte tief.

»Hoffentlich hast du recht, Ted! Jessie meint zwar, daß ich eigentlich froh sein sollte, daß ich Enid endlich los bin, aber ich vermisse sie wirklich! Echt!«

»Na, ich würde nicht gerade behaupten, daß deine

Schwester eine Expertin ist, was Freundschaft und Vertrauen angeht!« meinte Ted. »Denk doch nur mal daran, mit was für miesen Tricks sie uns beide auseinanderbringen wollte!«

Ted spielte darauf an, wie Jessica sich in ihre Beziehung eingemischt hatte. Sie hatte ihn davon überzeugen wollen, daß er Elizabeth ziemlich gleichgültig war. Unter anderem hatte Jessica ihm erzählt, daß ihre Schwester so von anderen Jungen umschwärmt sei, daß jemand wie er überhaupt nicht interessant für sie war.

Und Elizabeth hatte sie einreden wollen, daß Ted beinahe wie ein Wilder über sie hergefallen wäre, während er ihr in Wirklichkeit nur höchst widerwillig einen Kuß auf die Wange gegeben hatte. Ted traute Jessica einfach nicht mehr über den Weg.

Elizabeth verteidigte aber trotz allem ihre Zwillingsschwester.

»Ich glaube, im Grunde meint Jessica es doch nur gut. Und ich fand es wirklich unheimlich nett von ihr, daß sie Enid helfen wollte.«

»Na, da bin ich mir aber gar nicht so sicher«, meinte Ted zweifelnd. »Ich finde, du solltest nur auf dein eigenes Gefühl vertrauen, wenn es um Enid geht, und nicht auf deine liebe Schwester hören!«

»Das Schlimme ist nur, Ted, daß ich gar nicht mehr weiß, ob ich meinen Gefühlen überhaupt noch trauen kann! Die ganze Sache ist mittlerweile so chaotisch, daß ich keine Ahnung mehr habe, wo's langgeht!«

»Solange du noch weißt, daß du heute abend mit mir zu dem Ball gehst, ist noch nicht alles verloren!

Komm, Liz, vergiß doch einfach für diesen einen Abend alle deine Sorgen! Wir beide wollen uns doch so richtig amüsieren, oder?«

»Wenn das doch bloß alles so einfach wäre! Ich will mich doch auch entspannen und jede Menge Spaß mit dir heute abend haben, aber dann kriege ich wieder ein ganz schlechtes Gewissen, wenn ich dran denke, daß ich lustig hier herumtanze, und Enid hängt ganz allein zu Hause rum. Ich weiß doch selbst, daß das nicht meine Schuld ist, aber trotzdem macht mir das zu schaffen!«

»Ich versteh' dich, Liz«, sagte er. »Damals, als mein kleiner Bruder genau an Halloween krank war, und ich mit den anderen Kindern rausgehen durfte, hatte ich auch nicht besonders viel Spaß. Dauernd habe ich mir gesagt, daß er sich bestimmt gefreut hätte, wenn ich zu Hause bei ihm geblieben wäre!«

Dann grinste Ted Elizabeth an. »Aber dann hat er doch noch was davon gehabt: Ich hab' ihm nämlich den größten Teil von den Süßigkeiten abgegeben, die ich bekommen hatte.«

»Weißt du eigentlich, wie prima das ist, daß du mich verstehen kannst, Ted?« Sie drückte seine Hand liebevoll. »Hoffentlich bin ich heute abend nicht so niedergeschlagen, daß ich dir die ganze Stimmung verderbe!«

»Was Besseres könnte mir eigentlich nicht passieren, Liz!« Er zwinkerte ihr zu. »Ich habe nämlich eine Schwäche für hübsche, traurige Blondinen – wenn ich sie dann trösten kann!«

»Na, wenn mich das nicht wieder aufrichtet!« Elizabeth stupste Ted in die Seite.

Als sie dann nach draußen gingen, drohte sie ihm schreckliche Dinge an, falls er seine Vorliebe für hübsche, traurige Blondinen nicht auf sie beschränken würde.

Das Ganze endete damit, daß Ted sie einfach in seine Arme nahm und ihr den Mund verschloß, indem er sie küßte. Elizabeth schmolz in seinen Armen beinahe dahin.

Teds Küsse gehörten zu den Dingen, die Elizabeth am meisten an ihm liebte. Sie waren genau wie er selbst – bestimmt und doch so zärtlich ...

Sie wünschte sich, daß sie immer so bleiben könnte: Sicher und geborgen in seinen Armen.

»Mom hat gesagt, daß wir nicht zum Ball dürfen, wenn wir nicht vorher unsere Zimmer aufgeräumt haben!« Jessica überfiel Elizabeth in dem Moment mit dieser Neuigkeit, als ihre Schwester gerade die Haustür aufgemacht hatte. »Kannst du dir das vorstellen? Mom ist schlimmer als ein Folterknecht! Ich komme mir vor wie Aschenputtel!«

Elizabeth zuckte nur mit den Schultern.

»Und was soll daran so schlimm sein? Wir haben doch noch jede Menge Zeit, bevor wir uns fertigmachen müssen.«

»Du hast vielleicht gut reden! Dein Zimmer ist doch immer so widerlich aufgeräumt und ordentlich. Aber ich werde mindestens hundertsiebenunddreißig Jahre brauchen, bis ich meins wieder sauber habe«, jammerte Jessica. »Es ist einfach unfair. Wen geht es denn etwas an, wie mein Zimmer aussieht? Ich bin doch sowieso die einzige, die je da reingeht!«

»Mach doch nicht so ein Theater. Wenn du dein Zimmer jeden Tag nur fünf Minuten von innen siehst, dann ist das lang. Die meiste Zeit hängst du ja doch bei mir rum und tust, was du kannst, um auch aus meinem Zimmer ein einziges Chaos zu machen! Schon mal was davon gehört, Jessie, daß jeder Mensch das Recht auf Privatsphäre hat?«

Jessica murmelte nur etwas vor sich hin und sah ihre Schwester mit einem undeutbaren Blick an.

Ich möchte nur wissen, warum sie sich die letzten Tage immer so benimmt, als hätte sie einen Sack Geheimnisse zu hüten, dachte Elizabeth und wunderte sich, was wohl noch alles kommen würde. Bei Jessica konnte man nie wissen ...

Als Jessica endlich in ihr eigenes Zimmer verschwunden war, räumte Elizabeth die wenigen Sachen, die herumlagen, auf.

Elizabeth hatte die Angewohnheit, alles, was ihr gerade einfiel, sofort aufzuschreiben. Deshalb waren es auch meistens Zettel, Notizhefte und maschinengeschriebene Seiten, die bei ihr im ganzen Raum verstreut waren.

Als sie ein paar Blätter vom Boden aufheben wollte, fiel ihr Blick plötzlich auf ein Stückchen hellblaues Papier, das unter dem Bett hervorlugte.

Es war einer von Georges Briefen!

Mit einem Schlag wurde Liz klar, daß der Brief dort schon die ganze Zeit gelegen haben mußte. Und sie spürte auf einmal, wie sich alles in ihr zusammenzog.

Jeder, der bei ihr im Zimmer war, hätte ihn finden und lesen können.

Nein, nicht jeder!

Es gab in diesem Haus außer ihrer Mutter nur eine einzige Person, die zu ihr ins Zimmer kam.

Jessica.

Und plötzlich wurden Liz die ganzen Zusammenhänge klar. Jetzt war sie ganz sicher, daß nur ihre Schwester den Brief gelesen haben konnte und sofort alles Ronnie weitererzählt hatte. Das würde auch erklären, warum sich Jessica in der letzten Woche immer so komisch benommen hatte.

Und Elizabeth kannte ihre Schwester auch gut genug, um zu wissen, warum sie das alles angezettelt hatte. Kein Mensch durfte sich Jessica in den Weg stellen, wenn sie es sich in den Kopf gesetzt hatte, zur Miß Sweet Valley High gewählt zu werden. Auch nicht Enid!

Zitternd vor Wut faltete Liz den Brief zusammen und legte ihn in eine Schublade. In diesem Augenblick war sie so böse auf Jessica, daß sie sie mit größtem Vergnügen auf der Stelle erwürgt hätte.

11

»Enid!« Ms. Dalton wirkte völlig überrascht, als sie die Tür öffnete und Enid vor sich stehen sah. »Was in aller Welt tust du denn hier?«

»Ich ... ich hoffe, ich störe nicht, Ms. Dalton«, sagte Enid schüchtern, »aber ich muß unbedingt mit Ihnen sprechen, und weil Sie nicht mehr in der Schule waren ...« Sie sprach nicht weiter, als ihr plötzlich auffiel, in was für einem ungewohnten Aufzug die Lehrerin war – am hellichten Nachmittag trug sie noch ihren Morgenmantel.

»Natürlich störst du nicht. Es ist nur ...« Sie strich sich durch ihr dunkles Haar, als wäre ihr gerade eingefallen, daß sie es eigentlich hätte kämmen müssen. »Weißt du, ich habe eben keinen Besuch erwartet. Du mußt schon entschuldigen, wenn ich so schrecklich aussehe. Mir ging es in den letzten Tagen nicht besonders gut!«

»Ja, ich habe gehört, daß Sie krank waren. Tut mir wirklich leid, wenn ich Sie belästige.«

Enid wurde rot, weil sie sich jetzt schrecklich unbehaglich fühlte. Sie war so tief in ihren eigenen Kummer verstrickt gewesen, daß sie gar nicht mehr daran gedacht hatte, daß es auch ihrer Lehrerin ziemlich schlecht gegangen sein mußte, nachdem die unbarmherzigen Klatschbasen an der Highschool kein gutes Haar mehr an ihr gelassen hatten.

»Ach was, du störst mich nicht, Enid. Komm nur rein. Ich bin sogar froh, daß du gekommen bist.«

Enid stellte fest, daß Ms. Dalton viel schmaler geworden war, seit sie sie das letzte Mal gesehen hatte. Blaß war sie auch, und unter den Augen hatte sie tiefe Ringe.

Die Nachmittagssonne schien mitten in Ms. Daltons Wohnzimmer. Enid setzte sich auf die Couch und fing an, ihre Geschichte zu erzählen. Seit der Scheidung ihrer Mutter konnte sie nicht mehr richtig mit ihr reden – ihre Mutter hatte so viele eigene Probleme, daß ihre Kinder sie nicht auch noch mit ihrem Kummer belasten wollten.

Aber zu Ms. Dalton hatte Enid schon immer Vertrauen gehabt – so, wie man einer älteren Schwester vertraut. Die drei Tage, an denen die Lehrerin nicht in der Schule gewesen war, waren Enid unerträglich lang erschienen.

»Wahrscheinlich bin ich nicht die Richtige, um dir bei deinem Problem einen guten Rat zu geben«, sagte Ms. Dalton ruhig, nachdem Enid alles erzählt hatte. »Aber ich weiß nur allzu gut, wie du dich jetzt fühlst. Es ist nicht so leicht zu ertragen, wenn man verurteilt wird, ohne dazu angehört worden zu sein, nicht wahr?«

»Und das allerschlimmste ist ja, daß es meine beste Freundin war, die mir den ganzen Mist eingebrockt hat.«

Ms. Dalton schüttelte den Kopf.

»Nein, ich kann immer noch nicht glauben, daß Liz so etwas gemacht hat.«

»Wer sonst hätte es denn tun können?«

»Das weiß ich natürlich auch nicht. Aber es muß einfach eine andere Erklärung dafür geben. Warum sollte Liz dich verletzen wollen? Sie ist wirklich deine beste Freundin!«

»Vielleicht stimmt es doch, was Jessica behauptet hat: Es ist Liz einfach so rausgerutscht. Aber sie wußte doch ganz genau, wie wichtig es für mich war, daß kein Mensch etwas davon erfuhr. Das ist es nämlich, was am meisten weh tut. Es sieht doch so aus, als würden meine Gefühle Liz überhaupt nicht interessieren.«

»Und was meint Liz zu allem?« wollte Ms. Dalton wissen. Voller Sympathie betrachtete sie ihre Schülerin.

»Sie streitet natürlich alles ab!«

»Hast du dir schon mal überlegt, daß sie vielleicht die Wahrheit gesagt haben könnte?«

Enid starrte gedankenverloren auf den Teppich.

»Ich ... ich glaube, ich war einfach viel zu sehr damit beschäftigt, enttäuscht und wütend zu sein, um richtig zuzuhören, wenn Liz mit mir geredet hat!«

»Du hättest aber zuhören sollen, und das weißt du auch! Man darf keinen Menschen verurteilen, bevor man nicht alle Zeugen angehört und alle Beweise gesehen hat. Wenn du Liz nicht vertraust, machst du dann nicht genau das mit ihr, was Ronnie auch mit dir gemacht hat?«

»So habe ich die ganze Sache noch gar nicht gesehen«, gab Enid zu.

»Sprich mit Liz. Ich bin sicher, daß sie dich verstehen wird. Sie weiß, wie durcheinander und gekränkt du gewesen bist. Manchmal denken die Leute nicht mehr alles richtig bis zum Ende durch, wenn man ihnen sehr weh getan hat.«

Enid ahnte, daß Ms. Dalton genau nachvollziehen konnte, was sie durchgemacht hatte. Es gab nämlich ein neues Gerücht an der Schule: Angeblich hatte Lilians Vater mit Ms. Dalton Schluß gemacht.

»Ich weiß aber gar nicht, ob Liz überhaupt noch mit mir reden will«, meinte Enid. »In der letzten Zeit war ich nicht besonders freundlich zu ihr!«

»Wenn man in so einer Situation ist, Enid, ist es nie zu spät, um zuzugeben, daß es einem leid tut!«

Plötzlich fiel Enid ihrer Lehrerin um den Hals.

»Wissen Sie was? Ich fühl' mich auf einmal wieder richtig gut – auch wenn ich keine Verabredung für den Ball mehr habe«, fügte sie dann nicht mehr so fröhlich hinzu.

»Dann geh doch einfach allein hin!« schlug Ms. Dalton vor. »Nur weil du keine Verabredung hast, brauchst du doch nicht zu Hause zu bleiben. Ich glaube, eine ganze Menge von euch jungen Leuten geht ohne eine feste Verabredung zu dem Ball. Du darfst dich natürlich nicht unterkriegen lassen, Enid. Vielleicht bist du dann selbst am meisten überrascht, wenn du merkst, daß du auch viel Spaß bekommen kannst, ohne verabredet zu sein.«

»Meinen Sie wirklich, ich sollte das tun?«

»Aber sicher! Ich würde ja selbst mit dir hingehen, wenn nicht ...« Ms. Dalton brach mitten im Satz ab. Anscheinend wollte sie es vermeiden, mit Enid über ihr eigenes Problem zu reden.

»O Ms. Dalton«, rief Enid spontan. »Es ist gemein und ungerecht! Ich hasse es, was für Lügen über Sie erzählt werden!«

»Enid«, fing Ms. Dalton zögernd an. Ihre Stimme klang, als gehorchte sie ihr nicht recht. »Eigentlich sollte ich dir noch gar nichts davon sagen, aber ich habe allen Ernstes überlegt, ob ich nicht kündigen soll. Ich habe schon mit Mr. Cooper darüber gesprochen, und er ...«

»Nein!« Enid unterbrach sie und sprang erregt auf. »Das dürfen Sie nicht! Sie können uns doch nicht einfach im Stich lassen! Denken Sie doch dran, was Sie mir gerade erzählt haben! Wie können Sie denn von mir verlangen, daß ich mich nicht unterkriegen lassen soll, wenn Sie selbst alles hinschmeißen wollen?«

Ms. Dalton sah sie überrascht an.

»Du verstehst das nicht, Enid. Das sind doch zwei verschiedene Sachen.«

»Wieso? Man beschuldigt uns beide wegen etwas, das wir gar nicht getan haben. Wo ist denn da der Unterschied?«

Die ganze Zeit, während der sie sich Ms. Dalton anvertraut hatte, hatte Enid versucht, nicht zu weinen. Doch jetzt schaffte sie das nicht mehr und brach in Tränen aus. Sie nahm ihre Jacke. Irgendwie hatte sie das Gefühl, daß Ms. Dalton sie im Stich gelassen hatte.

»Weglaufen ist und bleibt Weglaufen – ganz egal, was für eine Entschuldigung man dafür findet!« schrie Enid die Lehrerin an, als sie zur Tür lief.

Sie war so schnell draußen, daß Ms. Dalton ihr gar nicht mehr antworten konnte.

Gerade, als Enid die letzte Schicht Nagellack auftrug, läutete es an der Tür. Enid war sowieso schon nervös, und als es dann so plötzlich klingelte, erschrak sie dermaßen, daß sie das Fläschen Nagellack umstieß.

»Verdammt!« rief sie und war schon wieder gefährlich nahe daran, loszuheulen. Das hätte mir jetzt gerade noch gefehlt, dachte sie, daß ich heule und alles wieder verschmiert. Dafür habe ich mir schließlich nicht eine Stunde lang solche Mühe gegeben, daß dann mein Make-up wieder total ruiniert ist!

Enid schaute grimmig und entschlossen in den Spiegel. »Du wirst dir einen schönen Abend auf dem Ball machen, Enid Rollins, und wenn es dich umbringt!« befahl sie sich selbst.

»Enid!« Ihre Mutter steckte den Kopf ins Zimmer. »Da ist jemand gekommen, der dich unbedingt sehen will!«

»Wer?«

Enid konnte sich nicht vorstellen, wer jetzt um diese Zeit noch bei ihr vorbeikommen wollte. Es war doch schon fast acht Uhr. Elizabeth würde viel zu beschäftigt damit sein, sich für den Ball zurechtzumachen. Sonst fiel Enid nur noch eine einzige Person ein.

»Ronnie!« Sie sprang voller Vorfreude auf, und ihr Herz machte einen Satz.

Mrs. Rollins schüttelte den Kopf und lächelte geheimnisvoll.

»Nein, Liebes, Ronnie ist es nicht. Aber trotzdem glaube ich nicht, daß du enttäuscht sein wirst, wenn du siehst, wer gekommen ist.«

Enid rannte die Treppe hinunter. In der Eile hatte sie sogar vergessen, ihre Schuhe anzuziehen. Doch als sie ins Wohnzimmer kam, blieb sie wie angewurzelt stehen.

»George!« rief sie ganz ungläubig aus.

Nein, das konnte einfach nicht sein! Das war nicht der George Warren, den sie vor zwei Jahren zum letzten Mal gesehen hatte. Der Junge, der jetzt vor ihr stand, war mindestens zehn Zentimeter größer. Er war braungebrannt, muskulös und durchtrainiert. Und dann dieses Lächeln! Als Enid in seine Augen sah, kam sie sich vor, als sei sie verzaubert worden.

Er war gut angezogen, und das betonte nur noch, wie unwiderstehlich er war. Wie in Trance ging Enid auf ihn zu und nahm seine Hände, die er ihr entgegengestreckt hatte.

»Ich weiß, daß ich eigentlich hätte anrufen sollen«, sagte er mit seiner angenehmen Stimme, »aber ehrlich gesagt, ich habe Angst gehabt, daß du nicht wolltest, daß ich komme. Und das hätte ich nicht ausgehalten – ich mußte dich einfach sehen, Enid!«

»O George, ich bin ja so froh, daß du gekommen bist!« Enid kniff sich in den Arm, um sich zu überzeugen, daß sie nicht träumte. »Ich kann's immer noch nicht glauben, daß du es wirklich bist. Mensch, hast du dich verändert!«

»Du aber auch.« Er lachte. »Du siehst einfach super aus! Weißt du noch, wie dünn du früher warst, und wie dir der Pony dauernd in die Augen gefallen ist?«

»Und die Zahnklammern«, ergänzte Enid. »Vergiß die Klammern nicht!«

»Wie könnte ich?«

Dann fingen sie beide an zu lachen. Sie waren sofort wieder so vertraut miteinander, als hätten sie sich nicht vor zwei Jahren, sondern gestern erst zum letzten Mal gesehen. Was Enid allerdings am meisten erstaunte, war nicht, daß George ganz anders aussah, sondern daß sich auch sein Wesen völlig verändert hatte. Enid war einfach begeistert.

Vergessen und verschwunden war der zornige, mürrische Junge, der die Welt für seine Probleme verantwortlich gemacht hatte. George wirkte jetzt verantwortungsvoller und selbstbewußter, und er war ein guter Schüler geworden. Enid freute sich aufrichtig, als er erzählte, daß man ihn für das nächste Semester am College von Sweet Valley aufgenommen hatte.

Natürlich hatte sie schon an seinen Briefen gemerkt, daß er sich geändert haben mußte, aber bis zu diesem Augenblick hatte sie sich das gar nicht richtig bewußt gemacht.

Und abgesehen davon – wie hätte sie nur aus den Briefen erkennen können, zu was für einem absolut hinreißenden jungen Mann er sich entwickelt hatte? Enid konnte ihren Blick nicht eine Sekunde lang von George abwenden.

»Hör mal, Enid«, meinte er und nahm noch einmal ihre Hand in seine. »Ich habe mich vorhin ein bißchen mit Winston unterhalten, und er hat mir erzählt, was hier gelaufen ist. Ich wollte dir nur sagen, daß es mir unheimlich leid tut, daß du wegen meiner Briefe Schwierigkeiten bekommen hast.«

»Schwierigkeiten?« Enid hatte fast schon vergessen, daß sie jemals welche gehabt hatte. Georges Berührung war einfach aufregend, und ein Schauer lief ihr über den Rücken.

»Mir, Enid«, fuhr er dann fort, »haben deine Briefe unheimlich viel bedeutet. Sie waren das Einzige, weswegen ich am Anfang, als es mir so verdammt schlecht ging, überhaupt durchgehalten habe. Ich hab' ziemlich bald gemerkt, daß du dich geändert hattest, und das hat mir ganz schön dabei geholfen, meinen eigenen Weg zu finden. Du hast noch an mich geglaubt, als ich selbst an mir fast verzweifelt bin. Ich glaube, das war ein Grund, warum ich dich unbedingt sehen wollte – ich mußte mich einfach persönlich bei dir bedanken.«

»Bei mir bedanken?« wiederholte Enid und kam sich wie ein Papagei vor, der alles nachplapperte. Aber jedesmal, wenn sie in seine strahlenden, klaren grauen Augen sah, setzte ihr Verstand einfach aus, und sie brachte keinen vernünftigen Satz mehr zustande.

»Ja! Und ich wollte dich auch noch etwas fragen.« Auf einmal wirkte er verlegen. »Ich weiß ja, daß es eigentlich schon viel zu spät ist, aber Winston hat mir erzählt, daß dein Freund dich sitzen gelassen hat und nicht mit dir zum Ball geht, und da dachte ich ...«

Enid unterbrach ihn: »Ronnie ist nicht mehr mein Freund! Manchmal frage ich mich, ob er das überhaupt war. Und außerdem würde ich mich wahnsinnig freuen, wenn wir zwei zusammen zum Ball gehen!«

George setzte sein strahlendstes Lächeln auf.

»Als ich dich vorhin in diesem tollen Kleid gesehen habe, hatte ich das dumme Gefühl, ich wäre zu spät gekommen. Ich hatte Angst, irgendein anderer glücklicher Bursche wäre schneller gewesen.«

»Na ja, du siehst auch nicht gerade schlecht aus«, gab sie zu und musterte ihn anerkennend. »Warum hast du dich eigentlich so fein gemacht?«

»Weißt du, das ist nämlich so: Ich hab' mir gedacht, wenn dieses tolle Mädchen auch nur einen einzigen Blick auf mich wirft, dann ist es absolut hingerissen, schnappt mich und rast mit mir los zum Ball.« Er lachte.

Dann überreichte er Enid feierlich eine schmale weiße Schachtel, die er bis dahin versteckt gehalten hatte. Drinnen lag eine weiße Orchidee.

»George ... du alter Lügner!« Enid lächelte glücklich, aber gleichzeitig füllten sich ihre Augen mit Tränen. »Du hast die ganze Zeit über genau gewußt, daß ich gar keine Verabredung für heute abend habe!«

»Na und? Das ist doch nicht schlimm? Jetzt hast du jedenfalls eine. Das ist doch das einzige, was zählt, oder?«

Sie wollten sich gerade auf den Weg machen, als George Enid noch einmal betrachtete. Plötzlich fing er an zu lachen.

»Was ist denn an mir so komisch?« wollte sie wissen.

»Bist du sicher, daß du nichts vergessen hast?« fragte er.

Enid sah an sich hinunter, und dann lachte sie auch.

»Meine Schuhe!«

»Mach dir nichts draus, ich mag dich auch barfuß!«

George zog sie in seine Arme und gab ihr einen zärtlichen Kuß. Seine Lippen waren so warm und süß. Vor lauter Glück und Wohlbehagen zitterte Enid. Sie legte ihre Hände um seinen Nacken und schmiegte sich enger an ihn, als sein Kuß leidenschaftlicher wurde.

In diesem Augenblick wäre Enid auch barfuß über glühende Kohlen gelaufen, nur um mit George auf den Ball gehen zu können.

12

»Na, wie sehe ich aus?« Jessica drehte sich einmal um sich selbst. Sie sah einfach großartig in dem eng anliegenden roten Seidenkleid mit dem breiten bestickten Gürtel aus. Die hochhackigen Sandalen betonten noch, was für lange, schlanke Beine sie hatte.

Jessica wirkte genauso umwerfend wie die Mädchen, die im »Cosmopolitan«, der Modezeitschrift, immer abgebildet waren – und das war auch der Stil, um den sie sich bemühte.

»Doch, du siehst sexy aus, wenn es das ist, was du hören willst«, meinte Elizabeth. Sie hatte nur einmal kurz aufgeblickt, und bügelte jetzt weiter den Saum ihres Kleides. »Bist du ganz sicher, daß es Ronnie nicht gleich umwirft, wenn er dich so sieht?«

»Du tust ja gerade so, als ob Ronnie mein Freund wäre!« Jessica sah Elizabeth empört an. »Ich hab' dir doch schon einmal gesagt, Liz, ich mache das alles nur, um Enid einen Gefallen zu tun.«

»Ach ja, richtig. Etwas in der Art hast du behauptet.« Elizabeth drückte das Bügeleisen ganz fest auf das Kleid und stellte sich vor, es sei Jessicas Kopf, den sie platt bügelte.

»Ehrlich, Liz. Seit heute nachmittag benimmst du dich irgendwie komisch!« stellte Jessica fest. Ihre Augen wurden ganz schmal, als sie ihre Schwester aufforderte: »Nun sag schon, was ist los mit dir?«

»Nichts, absolut nichts! Was sollte denn auch nicht in Ordnung sein?«

»Ich weiß nicht, aber du siehst mich dauernd so an, als wäre ich der Würger von Boston oder so. Da kann man ja eine Gänsehaut kriegen! Du bist doch nicht wütend auf mich, oder?«

»Wütend? Ich? Warum sollte ich denn wohl auf dich wütend sein, Jessica?« fragte Elizabeth zuckersüß. »Vielleicht hast du einfach nur ein schlechtes Gewissen!«

Jessica runzelte die Stirn. »Und weshalb, bitte, sollte ich ein schlechtes Gewissen haben? Ich wüßte nicht, daß ich irgend etwas angestellt hätte!«

»Wenn das so ist, dann brauchst du dir ja auch keine Gedanken zu machen.«

»Ehrlich, Lizzie, manchmal kann ich dich wirklich nicht verstehen. Statt daß du mir bis in alle Ewigkeit dankbar bist für all die Opfer, die ich für dich bringe, redest du solchen Schwachsinn!«

»Und ob ich dir dankbar bin! Ich suche nur noch nach der richtigen Art und Weise, wie ich dir meine unendliche Dankbarkeit demonstrieren kann.«

»Wirklich?« Jessica strahlte wieder.

»Darauf kannst du wetten! Ich wünsche mir nämlich nichts sehnlicher, als daß du das bekommst, was du verdient hast!«

»Du bist ein Schatz, Liz! Ich nehme alles zurück, was ich jemals Gemeines über dich gesagt habe.« Dann drehte Jessica sich wieder um, um sich ausgiebig in dem Spiegel weiter zu bewundern. »Was meinst du – soll ich mir die Haare hochstecken, oder soll ich sie lassen, wie sie sind?«

»Laß sie besser lang. Du könntest sonst Probleme mit der Krone bekommen.«

»O Lizzie!« schrie Jessica auf, »glaubst du wirklich, daß ich es schaffe?«

»Bekommst du denn nicht immer, was du haben willst?«

»Na, auf jeden Fall hoffe ich, daß ich heute abend das kriege, was ich mir so sehr wünsche. Seit ich zurückdenken kann, wollte ich schon immer mal mit Bruce Patman ausgehen. Und jetzt habe ich meine große Chance! Endlich! Du, ich kann's kaum noch erwarten!«

»Also, wenn ich an deiner Stelle wäre, würde ich mich nicht zu früh freuen!« Elizabeth zog den Stecker des Bügeleisens aus der Dose. »Du kennst doch das alte Sprichwort: Man soll den Tag nicht vor dem Abend loben!«

»Sag das lieber Winston! Ich verstehe überhaupt nicht, wie er nur auf die Idee kommen konnte, sich zur Wahl zu stellen. Ehrlich, dieser Clown hat doch nicht die allerkleinste Chance!«

»Na, ich weiß nicht. Ich könnte mir schon vorstellen, daß ein paar Mädchen glücklich wären, wenn Winston ihr Begleiter wäre.«

Jessica verzog angewidert das Gesicht. »Mir wird schon bei dem Gedanken schlecht! Als Hofnarr würde er sich viel besser machen! Los, Lizzie, beeil dich ein bißchen! Unsere beiden Verehrer können praktisch jeden Augenblick kommen!« Sie ging zur Tür.

Zum ersten Mal in ihrem Leben war Jessica rechtzeitig und sogar noch vor Elizabeth fertig. Normalerweise war es umgekehrt, und jeder mußte auf Jessica warten … und warten und warten. Jessica war nämlich felsenfest davon überzeugt, daß sowieso alles erst dann richtig losgehen würde, wenn sie die anderen mit ihrer Anwesenheit beehrte. Warum sollte sie sich also immer beeilen?«

»Ich mach' ja schon, ich fliege«, antwortete Elizabeth, und Jessica bemerkte gar nicht mehr, daß Elizabeth schadenfroh lächelte.

Zum ersten Mal seit Wochen hatte Elizabeth wieder gelächelt. Sie würde ihrer Schwester eine Lektion erteilen, die diese so bald nicht wieder vergaß!

Es waren schon unheimlich viele Leute da, als die beiden Schwestern gegen halb neun mit Ted und Ronnie in der Schule ankamen.

Die Turnhalle war fast nicht wiederzuerkennen. Kleine Lichter und Kerzen waren die einzige Beleuchtung, und an den Wänden schimmerte und funkelte die Dekoration. Man kam sich wie in einem Märchenland vor.

Die Tanzfläche war total überfüllt. Kleine Blitze schienen durch die Luft zu zucken, wenn sich das Licht in der verspiegelten Kugel an der Decke brach.

Die Droids waren in Höchstform und spielten einen mitreißenden Rock. Dana sang ein Lied von Linda Ronstadt.

»Du, ich kann's kaum erwarten, bis die Wahl endlich losgeht«, flüsterte Jessica Elizabeth zu.

»Ich auch nicht«, antwortete Elizabeth und überlegte, ob ihre Schwester wohl immer noch so verrückt darauf wäre zu gewinnen, wenn sie wüßte, was sie erwartete.

Elizabeth sah sich um und entdeckte Caroline, die in ihrem rosa Rüschenkleid einfach unmöglich aussah, wie ein kleines Mädchen. Außerdem paßte das Kleid nicht zu ihrer Haarfarbe. Wie zufällig ging Liz zu ihr hinüber und sagte ihr etwas ins Ohr. Caroline wirkte überrascht, dann aber lächelte sie. Kaum, daß Elizabeth wieder fort war, stürzte sie sich auf das Mädchen, das neben ihr stand, und redete eifrig auf sie ein.

Elizabeth war sicher, daß das, was sie Caroline »im Vertrauen« mitgeteilt hatte, ziemlich bald die Runde gemacht haben würde, jetzt, wo Caroline eine Sensation gewittert hatte.

Elizabeth tanzte gerade mit Ted, als sie merkte, daß am Eingang irgend etwas los zu sein schien. Sie stellte sich auf die Zehenspitzen, um sehen zu können, was die Ursache war. Dann entdeckte sie Ms. Dalton, die sich hocherhobenen Hauptes ihren Weg durch die Menge bahnte.

»Das finde ich gut, daß sie tatsächlich gekommen ist«, meinte Elizabeth. »Sie war zwar als Aufsicht in die Liste eingetragen worden, aber eigentlich hatte ich gedacht, sie wäre zu krank um zu kommen.«

»Auf jeden Fall sieht sie wieder unheimlich gut aus!« stellte Ted anerkennend fest.

Es stimmte, Ms. Dalton hatte noch nie hübscher gewirkt. Sie trug einen langen Samtrock und eine kostbar wirkende Bluse mit ganz vielen Falten und Rüschen. Ms. Dalton war perfekt frisiert und hatte sich eine Seidenrose ins Haar gesteckt. Es war offensichtlich, daß sie sich viel Mühe gegeben hatte, um so gut wie möglich auszusehen.

»He, Ms. Dalton ... wo ist denn Ken?« brüllte irgend jemand in den Saal.

Sie blieb stehen. Elizabeth hielt unwillkürlich den Atem an und wartete gespannt darauf, wie ihre Lehrerin reagieren würde. Aber Ms. Dalton zögerte nur den Bruchteil einer Sekunde und lächelte dann nur um so strahlender. Sie ging weiter auf den Tisch mit den Erfrischungen zu, wo sie von den anderen Lehrern herzlich begrüßt wurde, besonders von Mr. Collins.

Er nahm ihre Hand und flüsterte ihr etwas ins Ohr. Ms. Dalton nickte, und die zwei begaben sich auf die Tanzfläche, als die Droids eine langsamere Nummer spielten. Elizabeth seufzte erleichtert auf.

»Sieht ganz so aus, als hätte sie die Sache bestens im Griff!«

»Trotzdem werden die Leute weiter über sie klatschen«, bemerkte Ted.

»Ach, irgendwann wird das auch zu langweilig, und dann gibt's was Neues, worüber man sich das Maul zerreißen kann.«

»Hoffentlich gehören dann nicht wir beide zu den armen Opfern!« Er lachte.

»Ach was! Was sollten sie denn bei uns zu reden

finden? Wir sind denen doch viel zu langweilig. Alles, was wir machen, ist Händchenhalten und Küssen!«

»Ich finde, sooo langweilig hört sich das aber auch nicht an!« Ted zog Elizabeth noch näher an sich heran und knabberte liebevoll an ihrem Ohrläppchen.

»Übrigens«, sagte Elizabeth, »es würde mich wirklich interessieren, wo Ken ist. Ich hab' ihn bis jetzt noch nicht gesehen. Er ist doch auch wieder in Ordnung, oder nicht?«

»Wie? Sag bloß, du hast noch nichts davon gehört?«

»Bei den vielen Gerüchten hier, weiß doch sowieso kein Mensch mehr, was wirklich los ist!«

»Ich weiß das auch nur, weil ich mit Ken gesprochen habe. Eigentlich wollte er ja mit Lillian zum Ball kommen. Aber als er dann rausgekriegt hat, daß sie das gemeine Gerücht über Ms. Dalton in die Welt gesetzt hat, hatte er keine Lust mehr.«

»Was? Lillian hat damit angefangen?«

»Cara behauptet das zumindest. Andererseits finde ich, daß man Cara auch nicht gerade jedes Wort glauben kann.«

»Aber wenn es wahr ist, dann hat Lillian genau das bekommen, was sie verdient hat!«

Und auch noch eine andere Person wird genau das kriegen, was sie verdient hat, dachte Elizabeth, als sie ihre Schwester bemerkte, wie sie gerade mit Bruce Patman flirtete.

Elizabeth wollte ihren Augen kaum trauen, als sie sah, wie Enid Arm in Arm mit einem unwahrscheinlich gutaussehenden Jungen in die Halle kam. Enid wirkte glücklich und aufgeregt, ihre Wangen waren ganz rot, und ihre Augen strahlten.

Sie hatte ein helles, schulterfreis Kleid an, das ihrer schlanken Figur schmeichelte. Die dunklen Haare hatte sie mit wunderschönen Perlmuttspangen zurückgesteckt.

Immer, wenn sie die weiße Orchidee betrachtete, die George ihr geschenkt hatte, vertiefte sich ihr Lächeln noch mehr. Liz hatte sie niemals zuvor so schön gesehen.

Am liebensten wäre Elizabeth auf ihre Freundin zugestürzt und hätte sie nach allen Regeln der Kunst ausgefragt: Was passiert, und wer dieser unglaublich gutaussehende Junge war. Aber sie war vorsichtig geworden, sie wollte nicht riskieren, daß Enid sie wieder einmal abwies, vor allem, wo jeder im Saal Enid und ihren unbekannten Begleiter aufmerksam beobachtete. Die beiden gingen auf die Tanzfläche.

Wenn sie jetzt Enid begrüßte, würde diese sie wahrscheinlich wieder ignorieren, und dafür war Elizabeth sich zu schade. Dabei wünschte sie sich nichts mehr, als wieder mit Enid sprechen zu können, daß alles wieder so war wie früher, bevor Jessica ihre Freundschaft zerstört hatte.

Ted war eben zur Bar gegangen, um etwas zu trinken zu holen, als Elizabeth bemerkte, daß Enid direkt auf sie zukam. Sie fühlte, daß sie nervös wurde. Ob Enid immer noch böse auf sie war?

Als Enid näherkam, wurde es Elizabeth immer unbehaglicher. Enid lächelte nicht. Sie wirkte angespannt.

»Liz?« fragte ihre Freundin zögernd und legte ihre Hand behutsam auf Elizabeths Arm. »Können wir mal miteinander reden? Ich kann mir gut vorstellen, daß du ziemlich wütend auf mich bist, und du hast auch wirklich allen Grund dazu, aber ... aber ich muß dir einfach sagen, wie unheimlich leid es mir tut, daß ich so blöd gewesen bin!«

»Dir tut es leid?« wiederholte Elizabeth völlig überrascht.

»Ja! Ich hab' eigentlich nie richtig daran geglaubt, daß du hingegangen bist und Ronnie alles verraten hast. Nicht hier ganz tief drinnen. Weißt du, Liz, ich glaube, ich war dermaßen fertig, daß ich nur noch zurückschlagen wollte – und du warst eben das arme Opfer. O Lizzie, wie konnte ich nur so dumm und so gemein sein! Ich weiß doch genau, daß du nie im Leben etwas tun würdest, das mich verletzt!«

Elizabeth hatte Tränen in den Augen, als sie ihre Freundin einfach in die Arme nahm.

»O Enid, ich bin ja so froh! Ich hatte solche Angst, daß wir beide nie mehr wieder gute Freundinnen sein würden!«

»Mensch, wir sind doch am Ohr zusammengewachsen, erinnerst du dich nicht mehr?« Enid lachte. Sie spielte damit auf die endlos langen Telefongespräche an, die sie beide immer geführt hatten. Und auch in ihren Augen standen jetzt Tränen. »Wirklich, ich bin auch so froh, daß du mir nicht mehr böse bist,

Liz! Ich war mir ziemlich sicher, daß du nie mehr auch nur ein Wort mit mir reden wolltest.«

»Wie könnte ich denn nicht mehr mit dir reden wollen, wenn ich schon fast sterbe, endlich zu hören, wen du dir da geangelt hast? Enid, was ist überhaupt passiert?«

Enid lächelte glücklich und verträumt, und sie sah zufrieden aus. Schnell erzählte sie Elizabeth alles, was inzwischen passiert war.

»George ist wirklich etwas Besonderes«, fuhr sie fort, »auch vom Charakter her. Bei ihm brauche ich nie so tun als wäre ich jemand anderer! Du hast ja so recht gehabt, Liz ... ich hätte wirklich von Anfang an ganz ehrlich sein müssen. Ich glaube, mit Ronnie wäre es trotzdem auf die Dauer nicht gutgegangen, selbst, wenn ihm niemand von den Briefen erzählt hätte.«

»Dadurch wird es aber nicht weniger schlimm, daß jemand Ronnie die Sache verraten hat«, sagte Elizabeth. »Und ich habe auch so eine Ahnung, wer das war!«

»Wer denn?« fragte Enid neugierig.

»Ich möchte es dir im Moment noch nicht verraten. Aber du kannst beruhigt sein ... die Person, die für alles verantwortlich ist, wird diesmal dafür büßen müssen! So schnell wird sie nicht vergessen, was sie dir angetan hat!«

Enid schüttelte den Kopf. Es war schon seltsam, wie sich alles entwickelt hatte. Noch vor einer Woche hätte sie mit Wonne denjenigen umbringen können, der dafür verantwortlich war, daß Ronnie mit ihr Schluß gemacht hatte.

Und jetzt war es ihr völlig gleichgültig. Das lag einmal sicherlich an George, aber auch daran, daß ihr während des Gesprächs mit Ms. Dalton vieles klar geworden war. Enid hatte begriffen, daß eine Beziehung, die nicht auf Ehrlichkeit und Vertrauen basierte, nichts taugte, keine Belastungen aushielt. Und dasselbe galt auch für Freundschaften. Freunde mußten sich gegenseitig vertrauen, und gerade dann, wenn Probleme auftauchten.

»Weißt du was«, meinte Enid dann, »eigentlich sollte ich demjenigen, der das alles verbrochen hat, dankbar sein. Letzten Endes hat sie mir doch einen großen Dienst erwiesen!«

»Enid«, gab ihr Elizabeth zu bedenken, »es gibt einen Punkt, über den hinaus man nicht mehr so leicht verzeihen kann.«

»Nein, im Ernst, ich meine es wirklich so! Wenn Ronnie nicht mit mir Schluß gemacht hätte, dann wäre mir wahrscheinlich auch nicht so schnell klar geworden, wie engstirnig und intolerant er im Grunde ist. Und«, Enid zwinkerte ihrer Freundin zu, »ich wäre heute nicht zusammen mit George hier auf dem Ball!«

Elizabeth drückte Enid noch einmal.

»O Enid, du glaubst gar nicht, wie sehr ich mich für dich freue! Hoffentlich weiß George auch, was für ein supertolles Mädchen er da bekommt!«

»Na, das will ich auch hoffen!« antwortete Enid. »Ich werde mich jedenfalls in Zukunft nicht mehr dafür entschuldigen, was ich bin oder tue. Ich weiß, daß ich früher einiges falsch gemacht habe – aber das ist jetzt aus und vorbei. Ich hab' meine Lektion gelernt! Und das ist das Einzige, was zählt.«

»He, ihr zwei! Wenn ihr endlich mit dem Reden fertig seid, würde ich ganz gern mal mit meinem Aschenbrödel tanzen!« unterbrach sie George, der plötzlich vor ihnen auftauchte und ein Glas Punsch in der Hand hielt. Ohne den Blick auch nur für eine Sekunde von Enid abzuwenden, drückte er Elizabeth das Glas einfach in die Hand.

Enid lachte, als er sie in seine Arme zog.

»Liz, und das hier ist mein Märchenprinz – weißt du, der, der solange mit dem Schuh in der Hand gesucht hat, bis er endlich die Richtige fand!«

»Also genau genommen«, sagte George und versuchte dabei, ernst zu bleiben, »ihre Füße finde ich gar nicht so toll. Aber nach ihren Briefen bin ich verrückt. Auch wenn sie manchmal ein bißchen komisch ist – die Briefe, die sie schreibt, sind Spitze!«

Enid tat so, als hätte er etwas ganz Schreckliches gesagt und sie tief verletzt.

»Was, ist das etwa alles, was ich dir bedeute? Ich bin einfach nur eine nette kleine Brieffreundin?«

»Was meinst du denn?« wandte George sich an Elizabeth. »Soll ich weiter über meinen Briefen sitzen und mich nach meiner Brieffreundin sehnen, oder soll ich lieber die richtige, lebendige Enid in die Arme nehmen?«

»Na, meinen Segen habt ihr!« Elizabeth lachte.

Als George und Enid jetzt miteinander tanzten, bemerkte Elizabeth, daß viele die beiden musterten und über sie redeten. Enid hatte noch nie in ihrem

Leben hübscher ausgesehen. Und um George wurde sie sicherlich von jedem Mädchen im Saal beneidet. Selbst Jessica hatte ihren Blick so lange von Bruce lösen können, daß sie George ausgiebig begutachten konnte.

Der einzige Mensch, der wirklich unglücklich aussah, war Ronnie. Wenn Blicke hätten töten können, dann wären Enid und George auf der Stelle umgefallen.

Elizabeth vermutete, daß Ronnie jetzt erst recht nichts tun würde, um Enid bei der Wahl zu unterstützen. Aber das ist auch egal, dachte Elizabeth, es wird Enid wohl kaum das Herz brechen, wenn sie nicht gewählt wird.

»Jetzt geht's los! Jetzt wird gewählt!« flüsterte Jessica, die plötzlich neben Elizabeth aufgetaucht war, ihrer Schwester ins Ohr. »O Lizzie, das ist so spannend, ich weiß gar nicht, wie ich das überhaupt aushalten soll!«

13

Eine atemlose Stille herrschte, als die Wahlergebnisse an Ronnie weitergegeben wurden. Man hätte eine Stecknadel fallen hören können. Ronnie stand ruhig und gelassen auf der Bühne, bereit die Ergebnisse bekannt zu geben.

»Also«, sagte er ins Mikrofon, »die Gewinnerin ist ...«

Ein paar Leute beobachteten Enid, und es war offensichtlich, daß sie sich fragten, ob Ronnies Ex-Freundin eine Chance hatte zu gewinnen.

»Jessica Wakefield!«

»Kinder ich kann's einfach nicht glauben!« rief Jessica scheinbar völlig überwältigt. Wieder einmal zeigte sich, was für eine gute Schauspielerin sie war: Jeder hätte geschworen, daß Jessica von ihrer Wahl selbst am meisten überrascht war.

Jessica strahlte, sie schien von innen heraus zu glühen. Was hatte sie alles getan, um diesen Augenblick erleben zu können! Jetzt würde sie alles bekommen, was sie so sehr ersehnt hatte: die Krone, den Jungen, den sie anhimmelte ... einfach alles!

Trotzdem hielt sie die Luft an, als Ronnie sich wieder über das Mikrofon beugte, um den Namen des Königs bekanntzugeben. Es muß Bruce sein, er muß es einfach sein, dachte sie immer wieder. Jeder wußte doch, daß er mit Abstand der bestaussehende Junge an der ganzen Schule war. Keiner konnte ihm das Wasser reichen.

Unauffällig blickte Jessica dorthin, wo Bruce stand, lässig an die Wand gelehnt, und seiner Freundin etwas ins Ohr flüsterte. Er sah so unbekümmert aus, als wäre es ihm vollkommen egal, ob er nun gewann oder nicht. Wie konnte ein Mensch nur so unglaublich hinreißend sein?

Dann klang Ronnies Stimme klar und deutlich aus den Lautsprechern:

»Okay, Leute. Seid ihr bereit für das, was jetzt kommt? Einen Tusch bitte!«

Emily Mayer, die Schlagzeugerin der Droids, legte los, während Jessica gespannt dastand und sich nervös auf die Lippen biß. Ihr Herz hämmerte in ihren Ohren. O bitte, dachte sie, es muß Bruce sein!

»Unser neuer König ist ...«

Bitte, bitte ...

»Winston Egbert! Herzlichen Glückwunsch, Winston, wo auch immer du gerade steckst!«

Ein lautes »Ich werde verrückt« zeigte an, wo Winston war. Jessica stand da wie angewurzelt, sie weigerte sich zu glauben, was sie gerade gehört hatte. Das durfte einfach nicht wahr sein! Das war doch nur ein Alptraum, und nicht die Wirklichkeit! Jessicas Herz setzte für einen Schlag aus, als ihr plötzlich aufging, was das alles bedeutete.

Es war entsetzlich: Für das ganze nächste Schuljahr würde sie an Winston gekettet sein, bei jeder größeren Veranstaltung in der Schule.

Ihre Vorstellung, ihr Traum, in dem sie in den Armen von Bruce über die Tanzfläche schwebte, verblaßte mehr und mehr. Statt dessen wurde sie von einer fürchterlichen Wut gepackt. Na gut, Winston konnte tausendmal König sein, aber nicht mit ihr als Königin. Sie würde die Wahl ablehnen! Sollte doch sonst jemand mit diesem Trottel rumziehen! Dieser ganze Schlamassel war ganz allein die Schuld von Enid und ihren blöden Briefen. Sollte doch Enid Königin werden!

»Gratuliere, Jessie!« rief Cara, als sie Jessica umarmte. »Ich hab' doch gewußt, daß du es schaffst! Ich hab's ganz einfach gewußt! Bist du nicht glücklich? Du mußt doch verrückt sein vor Glück!«

»Sehr komisch! Ich bin so glücklich, daß ich auf der Stelle tot umfallen könnte«, brummte Jessica vor sich hin. Lauter fuhr sie fort: »Kannst du das glauben? In haargenau drei Wochen steigt die große Disco, und ich, ausgerechnet ich, muß mit Winston dort hingehen!«

Sie war dicht davor loszuheulen. »Ich war mir doch so sicher, daß Bruce König werden würde. Jetzt geht er bestimmt mit einer anderen zur Disco. Wieso passiert denn ausgerechnet mir etwas so Furchtbares? Das ist einfach gemein!«

Cara verstand überhaupt nichts mehr.

»Mensch, aber ich habe doch geglaubt, du wolltest, daß Winston König wird! Jeder hier im Saal hat erzählt, daß du ganz verrückt nach ihm bist. Ich hab' mir ja zuerst auch gedacht, daß das ein bißchen komisch ist, weil du doch so hinter Bruce her warst.

Aber das wäre ja schließlich nicht das erste Mal gewesen, daß du von einer Sekunde zur anderen deine Meinung geändert hast.«

»Ich hätte große Lust, denjenigen umzubringen, der dieses Gerücht in die Welt gesetzt hat«, murmelte Jessica. Ihre Stimmung stand auf Sturm.

Wer haßte sie so sehr, daß er ihr so etwas Gemeines und Widerliches antun konnte?

Plötzlich fiel ihr wieder ein, wie komisch sich Elizabeth den ganzen Abend über benommen hatte. Hatte nicht Elizabeth zu ihr gesagt, daß manches Mädchen glücklich mit Winston als König wäre?

So mußte es sein! Wer außer ihrer eigenen Zwillingsschwester war so eifersüchtig auf sie, Jessica, daß sie ihr nur Böses wünschte? Sie hatte ja schon immer gewußt, daß Elizabeth eifersüchtig auf sie war. Warum auch nicht, überlegte Jessica weiter. Liz hat auch allen Grund dazu. Immerhin bin ich tausendmal beliebter als sie.

Jessica war nahe daran zu toben, als Elizabeth zu ihr kam. Elizabeth dagegen lächelte sie freundlich an.

»Meinen herzlichen Glückwunsch, Schwesterchen«, sagte sie scheinheilig. »Du siehst aber gar nicht besonders glücklich aus, oder?«

»Wie konntest du mir nur so etwas Gemeines antun?« fuhr Jessica sie an. Ihre Augen blitzten vor Wut.

»Ich hab' nicht die geringste Ahnung, wovon du eigentlich redest«, antwortete Elizabeth ganz ruhig, aber immer noch süß und falsch lächelnd. »Möchtest du auch einen Punsch, Jessie?«

Es gibt viele gute Liebesromane für junge Mädchen.
Und es gibt Sweet Dreams.

Sweet Dreams sind die schönsten Romane um romantische Träume und die erste Liebe.

Band 55 001

Band 55 002

Band 55 003

Band 55 004

Band 55 009

Band 55 010

Band 55 011

Band 55 012

Band 55 017

Band 55 018

Band 55 019

Band 55 020

»Ich würde dir am liebsten eine runterhauen! Spiel doch nicht die Unschuldige! Du weißt ganz genau, wovon ich spreche. Du, du allein bist diejenige, die dieses ekelhafte Gerücht über Winston und mich in die Welt gesetzt hat! Nur deshalb haben alle für ihn gestimmt! Wage bloß nicht, das jetzt auch noch abzuleugnen!«

»Mach ich doch gar nicht! Es stimmt, ich habe das Gerücht in Umlauf gebracht.« Herausfordernd sah Elizabeth ihrer Schwester direkt in die Augen.

»Wie konntest du nur, Liz? Du hast praktisch mein ganzes Leben ruiniert!«

»So wie du Enids Leben ruiniert hast?«

Auf einmal war Jessica gar nicht mehr wo wütend.

»Ich weiß nicht, was du damit meinst!«

»Und ob du das weißt, Jessie, ganz genau sogar!« Denn du warst diejenige, die Ronnie von den Briefen erzählt hat. Mit voller Absicht hast du Enid und Ronnies Freundschaft kaputt gemacht, weil du dir ausgerechnet hast, daß du dann größere Chancen hast, zur Königin gewählt zu werden. Ja, Jessie, und jetzt hast du erreicht, was du haben wolltest. Bist du immer noch nicht zufrieden?«

»O nein, das bin ich nicht! Wart's nur ab!« wütete Jessica. »Keiner macht einen Narren aus mir. Ich denke gar nicht daran, die ganze Zeit mit diesem albernen Winston herumzuhängen! Ich gebe ganz einfach die Krone wieder zurück!«

»Nein, Jessie, das wirst du nicht!« sagte Elizabeth ganz ruhig, aber bestimmt.

»Wie? Was soll das heißen: ›Jessie, das wirst du

nicht?‹ Noch sind wir nicht so weit, daß ich mir von dir vorschreiben lassen muß, was ich tun darf und was nicht!«

Jessica hatte sich wieder so in Wut geredet, daß sie ihre Schwester am liebsten auf der Stelle erwürgt hätte. Nur der Gedanke daran, danach den Rest ihres Lebens hinter Gittern verbringen zu müssen – weit weg von Bruce – hielt sie davon ab, ihrem Drang nachzugeben.

»Du wirst jetzt gleich nach oben auf die Bühne gehen und die Krone so strahlend in Empfang nehmen, als wärst du eben Miß Amerika geworden«, fuhr Elizabeth ungerührt fort. »Aber nicht nur das. Du wirst jede Minute davon genießen, hörst du? Oder wenigstens für alle anderen so tun, als ob!«

»Und warum sollte ich das?« Jessica war längst nicht mehr so selbstsicher, wie sie tat. Sie gab es ja nicht gerne zu, aber wenn Elizabeth wirklich einmal wütend wurde und in diesem Ton mit ihr sprach, dann hatte das die Wirkung, daß sie, Jessica, immer nachgab.

»Wenn du es nicht tust …« Elizabeth trat ganz nahe an Jessica heran, damit ihre Schwester ihr auch ja zuhören mußte, »werde ich jedem, aber auch jedem einzelnen an dieser Schule erzählen, was du mit Enid gemacht hast!«

Jetzt bekam Jessica es wirklich mit der Angst zu tun. Im Grunde wußte sie genau, wie hinterhältig und gemein das gewesen war, was sie getan hatte. Selbst Cara wäre nicht so weit gegangen. Und was würden wohl die Leute von ihr sagen, wenn sie Bescheid wüßten? Was würde Bruce denken?

Jessica schluckte und versuchte, ihre Tränen niederzukämpfen. Obwohl Elizabeth diese Runde gewonnen hatte, wollte sie ihr nicht die Genugtuung geben, daß ihre Schwester sich als Siegerin fühlen konnte.

»Okay, machen wir es so, wie du es vorgeschlagen hast«, erwiderte Jessica schnell. »Aber bilde dir bloß nicht ein, daß ich mir auch noch große Mühe gebe! Küssen zum Beispiel werde ich diesen Affen nie im Leben!«

Jessica hatte ihre Schwester noch nie so boshaft lächeln sehen.

»Phantastisch, Jessie, die Idee ist mir ja noch gar nicht gekommen! Was Besseres hätte dir gar nicht einfallen können! Du weißt ja, daß du richtig süß sein kannst, wenn du nur willst. Wetten, daß Winston total weg ist, wenn er einen Kuß von dir bekommt?«

»O nein …« Während Jessica langsam Schritt für Schritt zurückwich, kam Elizabeth ihr unerbittlich wieder näher.

»O ja!«

»Liz, das kannst du doch nicht im Ernst von mir verlangen! Denk doch an meinen guten Ruf. Hinterher bin ich total erledigt!«

»Das glaube ich nicht, Jessie. Wer weiß, vielleicht wird dein Ruf dadurch nur besser?«

»Lizzie, bitte, sei doch nicht so herzlos! So was kannst du doch nicht mit deiner eigenen Schwester machen!«

»Ach nein? Denk immer daran, daß ich die ›Eyes and Ears‹ verfasse, liebe Schwester. Nur für den Fall, daß du meinst, du müßtest es mir zurückzahlen. Ich kann alles, was ich will, in der Schulzeitung veröffentlichen!«

Für den Augenblick mußte Jessica sich geschlagen geben und ließ sich auf den nächsten Stuhl fallen. Als sie dann wieder aufblickte, sah sie, wie Winston sich zu ihr durchkämpfte. Er grinste von einem Ohr zum anderen.

Sie stöhnte verzweifelt auf und wünschte sich nichts sehnlicher, als daß sich der Boden auf der Stelle öffnen und sie so schnell wie möglich verschlucken möge.

Ein neuerlicher Tusch zeigte an, daß alles für die Krönung der neuen Königin und des neuen Königs vorbereitet war.

Mit dem Gefühl, als ginge sie zu ihrer eigenen Hinrichtung, bewegte Jessica sich auf die Bühne zu. Es war einfach ungerecht! Warum war denn nicht Enid gewählt worden? Sollte die sich doch mit Winston abplagen!

Natürlich wußte Jessica nur allzu gut, warum das nicht so war, aber das änderte nichts daran, daß sie sich betrogen vorkam.

Jessica lächte so angestrengt, daß ihr schon die Wangenmuskeln weh taten. Unter den wachsamen Augen von Elizabeth rannte sie förmlich die wenigen Stufen zur Bühne hinauf. Winston kam von der anderen Seite. Jessica fand, daß er wie eine alte Krähe aussah, die man in eine zu kurze Smokingjacke gesteckt hatte. Sie konnte seine knochigen Handgelenke sehen, als er ihr die Hand gab.

Die anderen Schüler klatschten begeistert Beifall, aber Jessica hätte sich am liebsten in einer Höhle verkrochen. In ihrem ganzen Leben war sie noch nie so erniedrigt worden.

»Herzlichen Glückwunsch, Jessica«, sagte Ronnie leise, als er ihr die Krone aus Haar setzte. »Du hast es verdient! Ich bin wirklich froh darüber, daß du gewonnen hast!«

»Das finde ich auch!« stimmte Winston ihm zu und legte Jessica seinen Arm um die Schultern.

Jessica hätte ihm den Arm am liebsten weggeschlagen, und sie brauchte all ihre Beherrschung, um nicht loszuheulen. Eigentlich hätte das der glücklichste Augenblick in ihrem Leben sein sollen. Und er wäre es gewesen, wenn Bruce jetzt an ihrer Seite gestanden hätte.

Sie schaute suchend über die vielen Menschen vor der Bühne hinweg. Nur ein einziges Gesicht konnte sie klar in der Menge erkennen: das von Bruce. Ihr Blick traf sich mit seinem, und in seinen Augen schien eine Botschaft zu liegen, die nur für sie bestimmt war, auch wenn er seine Begleiterin, eine hübsche Rothaarige mit grünen Augen, im Arm hielt. Wenn nur …

Jessica wurde von dem blendenden Licht eines Blitzes wieder in die Wirklichkeit zurückgeholt. Sie sah, wie ihre Schwester dem Fotografen etwas ins Ohr flüsterte. Plötzlich rief er: »Wie wär's denn mit einem Kuß für die Kamera, ihr zwei Turteltäubchen?«

Jessica wappnete sich gegen das Unvermeidliche, aber sie zuckte doch zusammen, als Winston ihr jetzt einen feuchten Kuß auf die Lippen drückte.

Das zahle ich dir heim, Liz, drohte sie ihrer Schwester in Gedanken.

Das letzte, was sie von Bruce sah, bevor er Arm in Arm mit der Rothaarigen davonging, war seine zum Gruß erhobene Hand. Er grinste ihr spöttisch zu, als ob er sagen wollte: »So kann's gehen, Wakefield!«

Jessica sehnte sich danach, ihm jetzt einfach hinterherzulaufen – sie hätte alles für ihn getan, sich sogar vor ihm auf die Knie geworfen! Aber sie hatte sich an diesem Abend schon einmal zum Narren gemacht – und das langte!

Aber Jessica hatte die Hoffnung noch nicht aufgegeben. Gut, die Wahl hatte mit einer Riesenenttäuschung geendet, aber es wäre doch gelacht, wenn für sie, Jessica Wakefield, eines Tages nicht doch noch die Chance kommen würde, Bruce zu erobern!

Natürlich hieß das, daß sie sich wieder etwas Neues ausdenken mußte. Ihr letzter Plan war vollkommen daneben gegangen. Aber ihr würde schon etwas einfallen!

Das war doch immer so, oder?

Jessica lächelte trotz ihres Kummers vor sich hin, als ein eifriger Winston sie auf die Tanzfläche führte. Er war so aufgeregt, daß er fast über seine eigenen Füße fiel.

Jessie schloß die Augen und versuchte sich vorzustellen, daß sie jetzt mit Bruce tanzte ..., daß sie jetzt in den starken Armen des Jungen dahinschwebte, in den sie unsterblich verliebt war. Aber ihr schöner Traum löste sich jedesmal wieder in Luft auf, wenn Winston ihr unsanft auf die Zehen trat.

In einem solchen Augenblick tanzte Bruce an ihr vorbei. Eben erst hatte sie wieder versucht, Winstons mörderischen Füßen auszuweichen. Beinahe wäre sie mit Bruce zusammengestoßen.

Er schaute sie lange an, und Jessica durchfuhr ein seltsames Kribbeln. Deutete sein Lächeln nicht so etwas wie eine Einladung an? Plötzlich war Jessie sicher, daß in seinen aufregenden blauen Augen mehr als ein nur flüchtiges Interesse an ihr zu erkennen war. Jessica war nicht mehr ganz so niedergeschlagen.

Könnte es vielleicht doch sein, daß ...?